北田夏己——作者
藍嘉楹——譯者
九子——插畫

全新彩圖版

日語閱讀越聽越上手

日本經典怪談

中日對照　單字註解　情境配樂

一次提升日語聽・說・讀能力

附情境配樂
中日朗讀QR Code
線上音檔

笛藤出版

前言

想加強語文能力，最重要的就是持之以恆的學習，因此培養良好的學習興趣可說是相當關鍵的！而人往往都會受到好奇心的驅使，而被神祕、不可思議的事情吸引，利用這個特性，我們將日文學習融入於日本怪談之中，希望以怪談的魅力來激發讀者的學習意願、將學習變得更加有趣。

本書收錄十篇大家耳熟能詳的日本怪談，每篇都是百讀不厭的經典之作。讀者可以透過閱讀學到單字、文法、句型的運用，同時搭配情境配樂中日朗讀ＭＰ３訓練聽力，最後再延伸到朗誦讓日語發音更加自然標準，一次達到聽說讀的學習！

衷心期盼本書能幫助讀者有效地提升日語能力。另外，在閱讀日本的經典怪談的同時，也能認識到日本的傳統文化，讓學習不侷限於語言的方面，進而培養出興趣，如此一來學習更能夠持之以恆。最後，就讓我們來一探魑魅魍魎的不可思議世界吧！

♪ MP3 音檔請至下方連結或掃 QR Code 下載

http://bit.ly/DTJPStory

★請注意英文字母大小寫區別★

●日語發聲｜須永賢一・仁平美穗・柳本真理子

●中文發聲｜陳進益・盧敘榮

使用說明

一、用耳朵聆聽，初步理解內容

每篇故事右上角都有音軌標示，可依心情選擇想播放的篇章，當音樂開始播放時，不仿闔上書本，豎起耳朵，隨著朗讀聲進入怪談的情境之中。

二、先閱讀日文本文，再看中文解釋

聽完故事了解大致內容後，可翻開書本確認剛剛聽不懂的地方。建議先試著閱讀日文，再去看中文解說和中文翻譯，以訓練閱讀日文的速度。

三、查看單字與句型

若有不懂的單字或句型時，可參考單字文法解說，或查詢字典，並將意義和用法勞記在心，增加日語字彙量！

四、跟著ＭＰ３一起大聲朗讀

最後，當熟悉並理解故事內容時，能再播放一次ＭＰ３，試著發出聲音與日語配音老師一起朗讀，使發音更正確！

目次

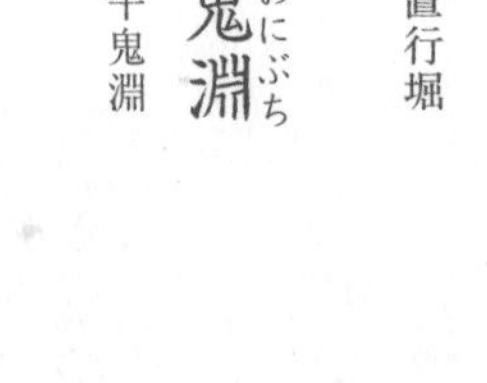

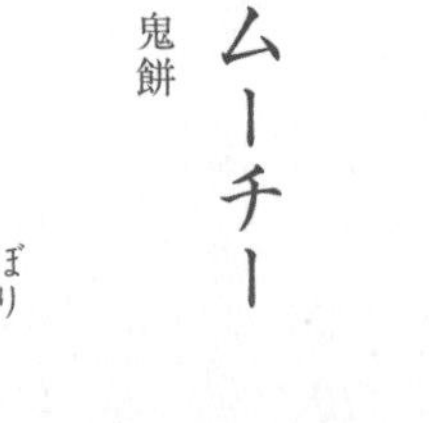

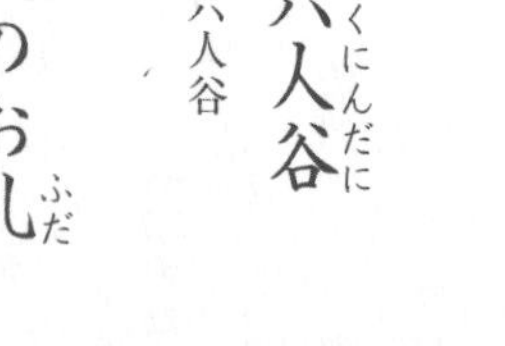

牡丹灯籠

ぼたんとうろう

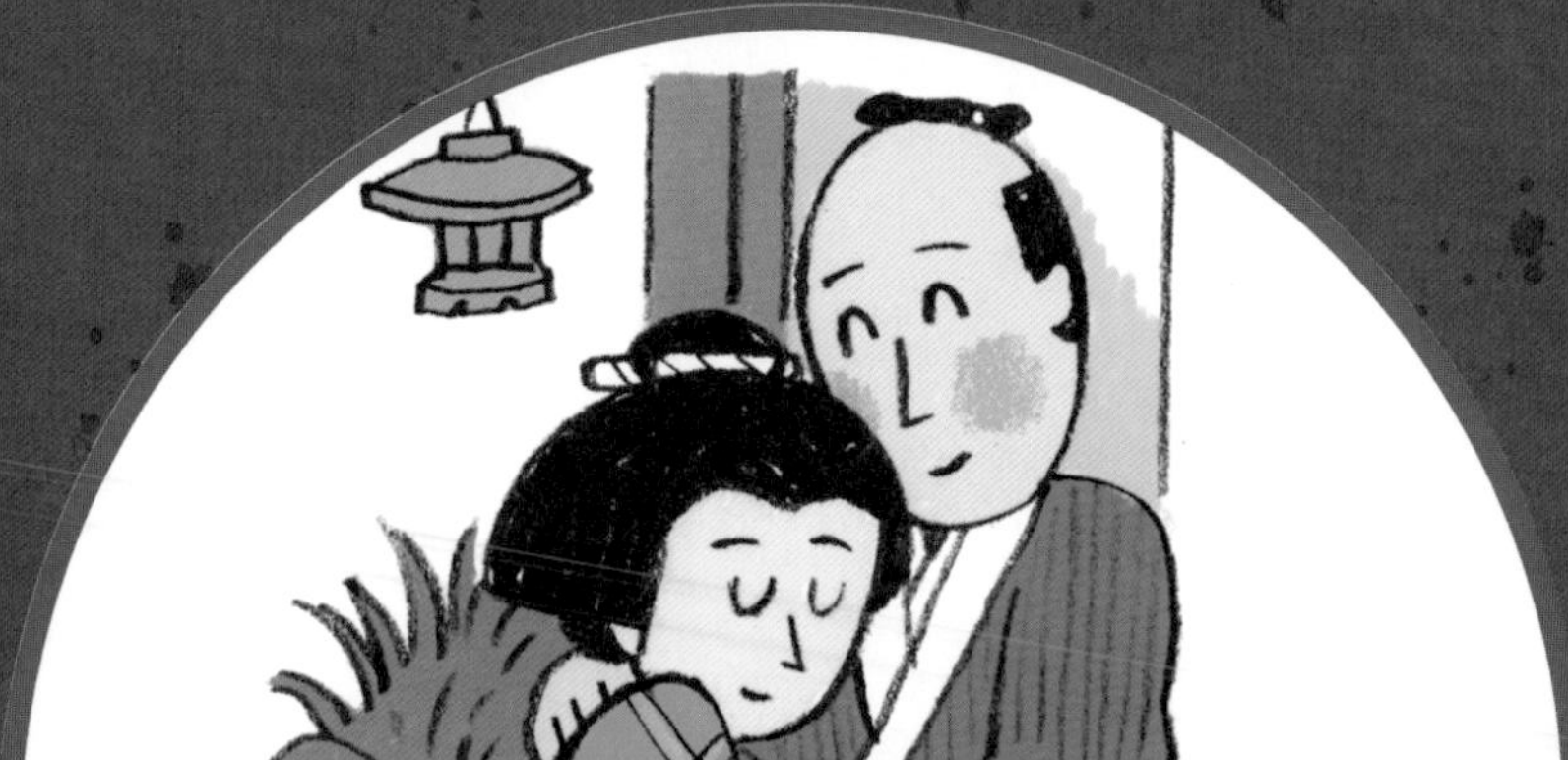

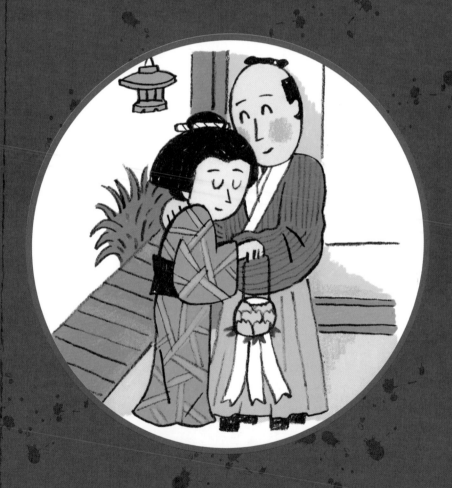

01 牡丹灯籠《ぼたんとうろう》

昔々《むかしむかし》、悪者《わるもの》を①斬《き》り殺《ころ》しても、全《まった》く動《どう》じることのない飯島平左衛門《いいじまへいざえもん》という男《おとこ》は、水道端《すいどうばた》の②旗本《はたもと》の女《おんな》との間《あいだ》に、それはそれは可愛《かわい》らしい娘《むすめ》を③授《さず》かりました。

その名《な》をお露《つゆ》と命名《めいめい》しました。お露《つゆ》は④一人《ひとり》っ子《こ》で、⑤器量《きりょう》も良《よ》く、周《まわ》りから⑥大層《たいそう》⑦可愛《かわい》がられ、何《なに》⑧不自由《ふじゆう》無《な》く育《そだ》てられました。

しかし幸《しあわ》せというのは長《なが》くは続《つづ》かず、母親《ははおや》はお露《つゆ》が十五《じゅうご》の時《とき》に亡《な》くなってしまいました。そして時《とき》は過《す》ぎ、お露《つゆ》は十六《じゅうろく》の春《はる》を迎《むか》えました。

さて、根津《ねづ》という所《ところ》に萩原新三郎《はぎわらしんざぶろう》という、毎日家《まいにちいえ》で学問《がくもん》の本《ほん》を読《よ》んでいる⑨根《ね》っからの真面目《まじめ》で、男《おとこ》も⑩惚《ほ》れ惚《ぼ》れしてしまう二十一歳《にじゅういっさい》の美《び》男子《なんし》がいました。

そこへ山本志丈《やまもとしじょう》という⑪町医者《まちいしゃ》が訪《たず》ねてきました。

「新《しん》さん、部屋《へや》に⑫篭《こも》って勉強《べんきょう》⑬ばかりしていないで、⑭たまには⑮気《き》晴《ば》らしに飯島平左衛門《いいじまへいざえもん》の娘《むすめ》のお露《つゆ》さんという、それはそれは⑯べっぴんさんのお顔《かお》でも⑰拝《おが》んでいきましょう。」

◆ 字

① **斬《き》り殺《ころ》す**：砍殺、砍死。

② **旗本《はたもと》**：①戰場的大本營。②地位較高具備可與將軍見面資格武士。在此為②的意思。

③ **授《さず》かる**：得到、被賜予。

④ **一人《ひとり》っ子《こ》**：獨生子、獨生女。

⑤ **器量《きりょう》**：①可勝任某事的能力與品格。②指男子的才德與氣度。③指女子的美貌。在此為③的意思。

⑥ **大層《たいそう》**：非常。形容程度很高、份量很大、狀態很驚人。

⑦ **可愛《かわい》がる**：寵愛。

⑧ **不自由《ふじゆう》**：不方便、拘束。

⑨ **根《ね》っから**：①一開始、本質、原本的樣子。②完全。後面常接否定。在此為①的意思。

02 牡丹燈籠

很久以前，有一位名叫飯島平左衛門的男人。他即使斬殺了惡人，也絲毫不為所動。他和水道端的旗本家之女生了一位可愛的女兒。

這個女兒被取名為阿露。身為獨生女的阿露，容貌出眾，備受周圍的人疼愛，從小在無拘無束的環境下長大。

但幸福的日子並沒有持續很久，阿露的母親在她十五歲時過世了。光陰飛逝，阿露也迎接了十六歲的春天了。

話說根津這個地方，有位每天都在家中讀書，名叫荻原新三郎的男子。他天性勤奮，是位連男人都會對他一見鍾情的美男子，年方二十一歲。

某天，鎮上有位名為山本志丈的醫生來拜訪他。

「阿新，你不要老是關在房間裡唸書，偶爾也出門散散心，和我一起去看看飯島平左衛門的女兒阿露吧！人家可是個大美女呢。」

---

⑩ **惚《ほ》れ惚《ぼ》れする**：為之傾心。

⑪ **町医者《まちいしゃ》**：鎮上的醫生。

⑫ **篭《こも》る**：關在家裡、封閉。

⑬ **ばかり**：①只是、光是。②剛剛。在此為①的意思。

⑭ **たまには**：偶爾。

⑮ **気晴《きば》らし**：散散心。

⑯ **べっぴん**：美女。

⑰ **拝《おが》む**：①參拜神佛。②見《み》る（看）的謙讓語。在此為②的意思。

こうして二人《ふたり》はお目当《めあ》ての屋敷《やしき》へ行《い》きました。志丈《しじょう》はお屋敷《やしき》に着《つ》き、大《おお》きな声《こえ》で「ごめんください。」

それを聞《き》いた①女中《じょちゅう》のお米《よね》が出《で》てきて、「②ご無沙汰《ぶさた》です。」「お米《よね》さん、今日《きょう》は親友《しんゆう》の新三郎《しんざぶろう》さんを連《つ》れてきました。」

その様子《ようす》を障子《しょうじ》の隙間《すきま》から③覗《のぞ》いていたお露《つゆ》は、新三郎《しんざぶろう》の顔《かお》を見《み》るや否《いな》や顔《かお》を真《ま》っ赤《か》にし、息《いき》を飲《の》んでしまいました。そして胸《むね》の④鼓動《こどう》が激《はげ》しくなり、障子《しょうじ》を⑤ぱたんと閉《し》めてしまいました。

於是，兩人便朝著阿露的家出發了。抵達阿露的宅邸後，志丈大聲問道：「請問有人在家嗎？」

女侍阿米聽到後，跑出來應門，出聲招呼：「好久不見了。」「阿米，今天我帶著我的好朋友新三郎來了。」

阿露從紙門的縫隙一窺外面的動靜，她一瞧見新三郎的臉，瞬間羞得滿面通紅，連呼吸都忘了。她的內心出現了強烈悸動，啪地一聲把紙門緊緊關上了。

◆字

① **女中《じょちゅう》**：①幫傭或在宮中處理雜事的女子。②旅館、餐廳裡負責雜物的女侍。在此為①的意思。

② **ご無沙汰《ぶさた》**：好久不見。

③ **覗《のぞ》く**：（從縫、孔）窺視、偷窺。

④ **鼓動《こどう》**：因情緒起伏，心臟撲通撲通地跳動。

⑤ **ぱたんと**：狀聲詞，啪搭一聲。

◆句

○ **や否《いな》や**：①兩個動作之間幾乎同時、立刻發生。②詢問意見或表示不確定。在此為①的意思。

○ **息《いき》を飲《の》む**：受到極大的驚嚇而瞬間屏住呼吸。

三人《さんにん》はその様子《ようす》が可笑《おか》しくて、①げらげらと②笑《わら》い転《ころ》げてしまいました。そして、志丈《しじょう》が「今日《きょう》は新三郎《しんざぶろう》さんをお露《つゆ》さんに紹介《しょうかい》しようと思《おも》いまして。」と、お露《つゆ》にわざと聞《き》こえるように大声《おおごえ》で言《い》いました。

お露《つゆ》は恥《は》ずかしそうにしながら、顔《かお》を③ちらっとこちらに見《み》せました。そして新三郎《しんざぶろう》とお露《つゆ》は紅梅《こうばい》のように顔《かお》を真《ま》っ赤《か》にしながら、四人《よにん》で④他愛《あい》も無《な》い話《はなし》をしました。

時間《じかん》はあっという間《ま》に過《す》ぎ、⑤気《き》づけば空《そら》は⑥燃《も》え立《た》つような赤《あか》さとなっていました。

志丈《しじょう》は「そろそろおいとましましょう。」と帰《かえ》る⑦支度《したく》を始《はじ》めました。それを見《み》たお露《つゆ》は「新三郎様《しんざぶろうさま》、また是非《ぜひ》いらして下《くだ》さい。」とやっとの思《おも》いで声《こえ》に出《だ》しました。

新三郎《しんざぶろう》も新三郎《しんざぶろう》で、嬉《うれ》しくて嬉《うれ》しくて、もういつ死《し》んでもいいくらいの気持《きも》ちになっていました。そして、お露《つゆ》も「もし来《き》て下《くだ》さらなければ、私《わたし》死《し》んでしまいます。」と二人《ふたり》で別《わか》れを惜《お》しみました。

◆**字**

① **げらげらと**：哈哈大笑。

② **笑《わら》い転《ころ》げる**：笑翻了、笑得前俯後仰地。

③ **ちらっと**：瞬間、短時間。

④ **他愛《たあい》もない**：無關緊要的。

⑤ **気《き》づける**：發現、注意到。

⑥ **燃《も》え立《た》つ**：形容火勢很大。

⑦ **支度《したく》**：事前的準備。

◆**句**

○ **～そうに**：好像～的樣子。

○ **あっという間《ま》に**：很短的時間、彈指之間。

○ **おいとまする**：我先告辭了。謙讓語。

其他三個人覺得阿露的樣子很滑稽，忍不住哈哈大笑，笑得東倒西歪。接著，為了讓阿露也聽得到，志丈故意大聲說道：「我今天想把新三郎介紹給阿露小姐認識。」

阿露雖然很難為情，卻還是轉過頭來，微微露了臉。接著新三郎和阿露都一邊紅著像紅梅似的臉，四人一同閒話家常。

時間轉眼即逝，等眾人回過神來，天色已經轉紅，宛如燃燒的火焰。志丈說：「我們差不多該回去了。」便開始收拾東西，準備回去。

阿露看在眼裡，最後好不容易說出自己的心意：「新三郎大人，請您下次一定還要再來。」

新三郎的反應也不遑多讓，開心之情溢於言表，甚至覺得已死而無憾。接著阿露又說：「如果您不再來的話，我就活不下去了。」說完，兩個人才依依不捨地道別。

さて、それからというもの新三郎《しんざぶろう》は、寝《ね》ても覚《さ》めてもお露《つゆ》のことが忘《わす》れられず、食欲《しょくよく》も無《な》く、生《い》きた①心地《ここち》もしない毎日《まいにち》を送《おく》っていました。

そこへ新三郎《しんざぶろう》の②店子《たなこ》の伴蔵《ともぞう》がやってきました。

新三郎《しんざぶろう》はちょうどいい所《ところ》に来《き》たと思《おも》い、「伴蔵《ともぞう》、釣《つ》りに連《つ》れて行《い》ってくれないか。」と③持《も》ちかけました。

元々《もともと》釣《つ》りが好《す》きではない新三郎《しんざぶろう》が急《きゅう》にそんなことを言《い》い出《だ》すのは不思議《ふしぎ》なことだと思《おも》いながらも、④旦那《だんな》の為《ため》ならと思《おも》い、すぐに舟《ふね》を出《だ》しました。

伴蔵《ともぞう》は釣《つ》りに夢中《むちゅう》になり、そして日《ひ》が暮《く》れ、辺《あた》りが暗《くら》くなってきました。

⑤ゆらゆらと舟《ふね》に乗《の》っていると、新三郎《しんざぶろう》は「少《すこ》しそこで待《ま》っていてくれ。」と言《い》いました。

そして、伴蔵《ともぞう》は岸《きし》に舟《ふね》をやり、新三郎《しんざぶろう》は屋敷《やしき》の中《なか》に入《はい》って行《い》ってしまいました。

自此之後，新三郎日日夜夜心裡都忘不了阿露，他食不下嚥、睡不著覺，每天都過得毫無生氣。

就在此時，新三郎家的房客伴藏來訪了。

新三郎心想伴藏來得正是時候，主動邀他：「伴藏，你能不能帶我去釣魚啊？」

伴藏雖然覺得，原本不喜歡釣魚的新三郎，突然說出此話很不尋常，但是為了老爺，他還是馬上把船划了出去。

伴藏一心專注在釣魚上，接著暮色已沉，四周也變暗了。

坐在悠悠晃晃的小船，新三郎對伴藏說：「麻煩你在這裡等我一下。」

接著伴藏把船停在岸邊後，新三郎走進了一間屋宅。

---

① **心地《ここち》**：心情、想法。
② **店子《たなこ》**：房客。
③ **持《も》ちかける**：提議、邀請。
④ **旦那《だんな》**：①老闆。②老公。在此為①的意思。
⑤ **ゆらゆらと**：①搖搖晃晃地。②慢慢地。在此為①船搖搖晃晃的意思。

◆句

○ **それからというもの**：在那之後。
○ **舟《ふね》を出《だ》す**：將船開出。
○ **夢中《むちゅう》になる**：對……入迷、著迷。
○ **日《ひ》が暮《く》れる**：天色暗了。

そこはお露《つゆ》の居《い》るお屋敷《やしき》でした。そして、恐《おそ》る恐《おそ》る障子《しょうじ》を開《あ》けると、お露《つゆ》も新三郎《しんざぶろう》と同《おな》じ想《おも》いで①しくしくと泣《な》きながら、座《すわ》っていました。

「お露《つゆ》さん！」

お露《つゆ》は余《あま》りにも新三郎《しんざぶろう》を想《おも》い過《す》ぎて、幻覚《げんかく》まで見《み》えてしまったのかと目《め》を何度《なんど》も②こすりましたが、やはりそこにははっきりと新三郎《しんざぶろう》の姿《すがた》がありました。

新三郎《しんざぶろう》は、声《こえ》をひそめて「気持《きも》ちが抑《おさ》えられずに、会《あ》いに来《き》てしまいました。」「そんな。」と顔《かお》を赤《あか》らめ、そして二人《ふたり》は抱《だ》き合《あ》ったまま蚊帳《かや》の中《なか》に入《はい》って行《い》きました。

そして時間《じかん》を忘《わす》れ、二人《ふたり》の時間《じかん》を過《す》ごしていると、③次第《しだい》に辺《あた》りが明《あか》るくなり始《はじ》めたことに気《き》づき、慌《あわ》てて帰《かえ》ろうとしたところ、「これはお香《こう》を入《い》れる箱《はこ》です。」とお露《つゆ》は新三郎《しんざぶろう》の手《て》に握《にぎ》らせました。

「これを私《わたし》だと思《おも》って大切《たいせつ》にして下《くだ》さい。」そして、その手《て》を握《にぎ》り、帰《かえ》るのを惜《お》しんで、さらに時間《じかん》が経《た》つと、「何者《なにもの》だ！」と④張《は》り裂《さ》けるような声《こえ》が屋敷中《やしきじゅう》に広《ひろ》がりました。

那間屋宅就是阿露的家。他戰戰兢兢地拉開阿露房間的紙門，看到阿露和自己一樣飽受思念對方之苦，正抽抽噎噎地坐著哭泣。

「阿露小姐！」

阿露因為過於思念新三郎，以為自己甚至看到了幻覺，忍不住揉了好幾次眼睛，最後才終於確認那就是新三郎本人。

新三郎壓低了聲音說：「我壓抑不住自己的心情，前來與妳相見。」阿露羞紅了臉回答：「您竟然為了我……。」接著兩人便相擁著鑽進了蚊帳。

兩人共度春宵，忘了時間的流逝。突然發覺天色已逐漸發白，新三郎急忙準備回去時，阿露將一樣東西塞進新三郎手裡，告訴他：「這個盒子裡面裝著香。」

「請您把它當作是我的分身，好好珍惜。」她緊緊握住新三郎的手，捨不得他即將要離去；過了一段時間之後，他們聽到有人用力扯開喉嚨大吼：「是誰！」那個聲音響遍整間房子。

---

① **しくしくと**：①抽抽噎噎的（哭聲）。②（肚子）隱隱作痛。在此為①的意思。

② **こする**：搓、揉、摩擦，在此為揉眼睛的意思。

③ **次第《しだい》に**：逐漸（由小變大）。

④ **張《は》り裂《さ》ける**：裂開、爆裂。

◆ **句**

○ **余《あま》りにも～**：太過～。

○ **声《こえ》をひそめる**：壓低聲音、降低說話音量。

○ **気持《きも》ちが抑《おさ》えられず**：無法壓抑住自己的心情。

○ **～とする**：正準備要做……。前接動詞意向形。

①見上《みあ》げるとお露《つゆ》の②父上《ちちうえ》、平左衛門《へいざえもん》が刀《かたな》を手《て》に持《も》ち、③丸《まる》で鬼《おに》のような④形相《ぎょうそう》で立《た》っていました。新三郎《しんざぶろう》は慌《あわ》ててお露《つゆ》の手《て》を離《はな》し、逃《に》げ出《だ》そうとしましたが、お露《つゆ》は「⑤呼《よ》び寄《よ》せたのは私《わたし》です。切《き》るのでしたら、私《わたし》を。」とやっとの思《おも》いで声《こえ》に出《だ》しました。

しかし、平左衛門《へいざえもん》は「生《い》かしてはおけん。」と新三郎《しんざぶろう》に向《む》かって刀《かたな》を⑥振《ふ》り下《お》ろしました。

お露《つゆ》が新三郎《しんざぶろう》の前《まえ》にさっと身《み》を出《だ》し、新三郎《しんざぶろう》が目《め》を開《あ》けるとお露《つゆ》の首《くび》が⑦ごろんと転《ころ》がっていました。

兩人抬頭一看，阿露的父親平左衛門手裡拿著刀，一臉凶神惡煞地站著。新三郎連忙放開阿露的手，打算奪門而出，而阿露用盡全力地說：「叫他來的人是我。如果要殺，就殺我吧。」

即使如此，平左衛門還是大喝一聲：「我可不能饒他一命。」朝著新三郎揮刀而下。

阿露立刻挺身而出，擋在新三郎面前。等到新三郎睜眼一看，只見阿露的人頭已滾落在地上。

◆字

①**見上《みあ》げる**：向上看。
②**父上《ちちうえ》**：自己父親的稱呼。
③**丸《まる》で**：簡直就像是。
④**形相《ぎょうそう》**：面孔、面容。
⑤**呼《よ》び寄《よ》せる**：叫到身邊來。
⑥**振《ふ》り下《お》ろす**：（刀等）砍下、揮下。
⑦**ごろんと**：狀聲詞，翻滾的聲音。

◆句

○**やっとの思《おも》いで**：花費了長期的努力，好不容易、才……。
○**～に向《む》かって**：往～的方向。

そしてさらに刀《かたな》が新三郎《しんざぶろう》の首《くび》に振《ふ》り下《お》ろされかけたところ、「旦那《だんな》様《さま》、旦那様《だんなさま》。」

目《め》を開《あ》けると平左衛門《へいざえもん》ではなく、伴蔵《ともぞう》の顔《かお》がこちらを見《み》ていました。

「ひどく①うなされていたようですが、どうなさいましたか？」

新三郎《しんざぶろう》が自分《じぶん》の首《くび》が切《き》られていないことを確《たし》かめていると、伴蔵《ともぞう》は

「ひどい夢《ゆめ》でも見《み》たんでしょう。」と笑《わら》っていました。

新三郎《しんざぶろう》も夢《ゆめ》だったのかと安心《あんしん》し、ふと自分《じぶん》の釣竿《つりざお》に目《め》をやると、そこには釣竿《つりざお》ではなく、お香《こう》を入《い》れる箱《はこ》が置《お》いてありました。

新三郎《しんざぶろう》はお露《つゆ》の夢《ゆめ》を見《み》てからというもの、今《いま》までにも増《ま》して②いとおしくていとおしくて、夜《よる》もろくに眠《ねむ》ることもできない毎日《まいにち》を過《す》ごしていました。そんな中《なか》、③ひょっこりと山本志丈《やまもとしじょう》が訪《たず》ねてきました。

「急《きゅう》にお訪《たず》ね④なさってどうしたんです？」

「それが、その、この前《まえ》お会《あ》いしたお露《つゆ》さんのことで……。」

◆字

① **うなされる**：因惡夢而呻吟。

② **いとおしい**：①可憐的樣子。②可愛得叫人想珍惜、疼愛。③覺得困擾、痛苦。在此為②的意思。

③ **ひょっこりと**：突然地。

④ **なさる**：（なる、する）的敬語，「做」的尊敬用法。

◆句

○ **目《め》をやる**：看了一下。

○ **ろくに～ない**：沒有好好地、沒確實地。

正當阿露的父親打算揮刀砍向新三郎的脖子時，新三郎的耳邊傳來了：「老爺、老爺！」的叫喊聲。

新三郎睜開眼睛一看，映入眼簾的不是平左衛門，而是正望著自己的伴藏。

「我聽到您在睡夢中叫得很大聲，您是怎麼了嗎？」

新三郎摸摸自己的脖子，確認沒被砍斷。伴藏見狀便笑著對他說：「您應該是做了很可怕的惡夢吧。」

新三郎知道是夢，這才安心下來；他不經意地瞄向自己的釣竿，結果看到的不是釣竿，而是一個裝著香的盒子。

自從新三郎夢見了阿露之後，對阿露的思慕之情變得比以前還要濃，每天都過著徹夜難眠的日子。就在此時，山本志丈突然來訪。

「突然來找我，有什麼事嗎？」

「我今天是為了阿露小姐的事，所以才……。」

新三郎《しんざぶろう》はまたお露《つゆ》に会《あ》えるのかと目《め》を①きらきらとさせましたが、「亡《な》くなりました。」と志丈《しじょう》が言《い》いました。新三郎《しんざぶろう》は志丈《しじょう》が何《なに》を言《い》っているのか理解《りかい》ができ②ず、③ぽかんと口《くち》を開《ひら》いて④呆然《ぼうぜん》としていました。

新三郎《しんざぶろう》の反応《はんのう》を⑤確《たし》かめてもう一度《いちど》、「お露《つゆ》さんは亡《な》くなりました。」

「どうしてそんな嘘《うそ》を？」

「実《じつ》はお露《つゆ》さんは平左衛門《へいざえもん》の家計《かけい》を守《まも》る為《ため》に、⑥半《なか》ば⑦無理矢理《むりやり》別《べつ》の人《ひと》と⑧結納《ゆいのう》をさせられていたのです。しかし、お露《つゆ》さんはあなたのことを思《おも》うばかり、結納相手《ゆいのうあいて》との⑨交遊《こうゆう》は⑩上《うわ》の空《そら》。」

「しかし、もしそれが平左衛門《へいざえもん》に知《し》られたら、あなたが切《き》り殺《ころ》されてしまうとお米《よね》が察《さっ》し、あなたのことは忘《わす》れるように⑪言《い》い聞《き》かせました。⑫ところが、お露《つゆ》さんはあなたと会《あ》えないくらいなら死《し》んだ方《ほう》がましだ、そうすればあなたも切《き》り殺《ころ》されることは無《な》いと言《い》い残《のこ》し、⑬自《みずか》ら死《し》をお選《えら》びになったそうです。その後《あと》お米《よね》も後《あと》を追《お》うようにこの世《よ》を去《さ》ったとのことです。」

◆字

① **きらきら**：閃耀，在此形容眼神因期待而閃爍。

② **ず**：「ない」的文章用語，表示否定的意思。

③ **ぽかんと**：愣住的樣子。

④ **呆然《ぼうぜん》**：茫然、呆住地。

⑤ **確《たし》かめる**：確認、弄清、查明。在此為確認之意。

⑥ **半《なか》ば**：①一半。②中央、中間。③正在進行中。④中途。在此為①的意思。

⑦ **無理矢理《むりやり》**：強迫的、強行。

⑧ **結納《ゆいのう》**：訂婚。

⑨ **交遊《こうゆう》**：交往、交際。

⑩ **上《うわ》の空《そら》**：無心理睬、不理會。

新三郎的眼神為之一亮，以為自己又能和阿露相見了。但志丈卻説：「她過世了。」新三郎一時無法理解志丈説的話，張著嘴，一臉茫然。

為了確認新三郎的反應，他又説了一次：「阿露小姐過世了。」

「你為什麼要説這種謊話？」

「其實，阿露小姐為了維持平左衛門家的家計，被半強迫地和別人訂下婚事。但是阿露小姐一心只想著你，和訂婚的對象往來時，都一副心不在焉的樣子。」

「阿米猜想要是你和阿露小姐的事被平左衛門知道了，他很可能會來殺了你，所以她一直勸阿露小姐趕快忘了你。但是，聽説阿露小姐説若再也見不到你，她寧願死，而且這樣一來你也不會被殺。説完這些話後，她就自我了斷了。隨後，阿米也跟著她的腳步，踏上了黃泉路。」

---

⑪ **言《い》い聞《き》かせる**：①説給對方聽。②勸告、訓誨。在此為②的意思。

⑫ **ところが**：可是、然而。

⑬ **自《みずか》ら**：親自、親身、自己。

◆**句**

○ **～方《ほう》がましだ**：比起……還寧願……。

○ **後《あと》を追《お》う**：跟隨在後。

新三郎《しんざぶろう》は、①頷《うなず》く元気《げんき》もなく、ただただ呆然《ぼうぜん》と②立《た》ち尽《つ》くしていました。志丈《しじょう》もこれ以上《いじょう》何《なに》を言《い》ってもどうしようもないと思《おも》い、帰《かえ》って行《い》ってしまいました。

一人残《ひとりのこ》された新三郎《しんざぶろう》の頭《あたま》の中《なか》には、お露《つゆ》さんの「もし来《き》て下《くだ》さらなければ、私《わたし》死《し》んでしまいます。」という言葉《ことば》が何度《なんど》も何度《なんど》も③響《ひび》き渡《わた》っていました。

新三郎《しんざぶろう》はそれからというもの、生《い》きた心地《ここち》がせず、三日三晩《みっかみばん》何《なに》も食《た》べずに、ただただ部屋《へや》の中《なか》で④ぼんやりと過《す》ごしていました。

ある日《ひ》の夜遅《よるおそ》く、寝《ね》ているところに、⑤カランコロンという⑥駒下駄《こまげた》で歩《ある》く音《おと》がこちらに近《ちか》づいてきました。

こんな夜中《よなか》に誰《だれ》が歩《ある》いているんだろうと思《おも》って聞《き》いていたところ、ちょうど部屋《へや》の前《まえ》でその音《おと》が⑦鳴《な》り止《や》みました。

そして障子《しょうじ》が灯籠《とうろう》の⑧灯火《とうか》で⑨とうとうと燃《も》えるような明《あか》るさになっていました。

◆字

① **頷《うなず》く**：點頭，表示理解。

② **立《た》ち尽《つ》くす**：佇立不動。

③ **響《ひび》き渡《わた》す**：充滿了~的聲音、響徹。

④ **ぼんやり**：①模模糊糊。②呆傻的（人）。③發呆、心不在焉。在此為③的意思。

⑤ **カランコロン**：狀聲詞，木屐行走聲。

⑥ **駒下駄《こまげた》**：（用一小塊木頭加工而成的）低齒木屐。

⑦ **鳴《な》り止《や》む**：聲音停止了。

⑧ **灯火《とうか》**：燈火、燈光。

⑨ **とうとう**：很盛大、劇烈的樣子。在此形容拉門被燈火照得十分光亮的意思。

新三郎連點頭的力氣也沒有，只是茫然地站在那久久不動。志丈心想即使再說什麼也是枉然，於是就回去了。

被獨自留下來的新三郎，腦海中不斷迴蕩著阿露曾說過的話：「如果您不再來，我就活不下去了。」

從此之後，新三郎過得毫無生氣，一連三天三夜什麼也沒吃，只是失魂落魄地待在房裡。

某天深夜，當新三郎在睡覺的時候，傳來一陣陣踩著木屐的腳步聲，喀拉喀拉地朝這裡走來。

新三郎正想著是誰半夜還在路上行走時，腳步聲剛好到房門前就嘎然而止。

接著，紙門也被燈籠的燈火照得有如在燃燒般明亮。

◆句

○どうしようもない：也沒有用處、也不會有任何的幫助。

○～ているところに：正當在做某事的時候。

新三郎《しんざぶろう》が恐《おそ》る恐《おそ》る障子《しょうじ》を開《あ》けると、そこには①なんとお露《つゆ》とお米《よね》が居《い》るではありませんか。

新三郎《しんざぶろう》は思《おも》わず声《こえ》を上《あ》げ、「あ、お露《つゆ》さん。」

「萩原様《はぎわらさま》。」

新三郎《しんざぶろう》は目《め》を何度《なんど》もこすってみましたが、やはり目《め》の前《まえ》にはお露《つゆ》とお米《よね》が居《い》ました。

「お二人《ふたり》はお亡《な》くなりになったと聞《き》いていましたが。」

「何《なに》をそんな。まだこのように生《い》きていますよ。」

お露《つゆ》はおかしそうに笑《わら》っていました。

新三郎《しんざぶろう》も、生《い》きていたのならそれ以上《いじょう》②問《と》い詰《つ》める必要《ひつよう》もある③まいと思《おも》い、「どうぞお部屋《へや》へ。」とお露《つゆ》さんとお米《よね》を部屋《へや》の中《なか》に入《い》れました。

◆字

①なんと：①如何、怎麼樣。②多麼、竟然，為表示讚嘆或失望時的用語。③為什麼、怎麼會。在此為②的意思。

②問《と》い詰《つ》める：追問、盤問。

③～まい：否定之意，表示不……、沒有。文章用語。

新三郎緊張兮兮地拉開紙門一看，站在門外的可不是阿露和阿米嗎？

新三郎不由得大喊：「阿、阿露小姐。」

「荻原大人。」

「我聽說妳們兩位已經過世了……。」

「您說的那是什麼話啊？我們還活得好好的啊。」

阿露覺得很可笑似地笑出聲來。

新三郎也覺得既然人還活著，就沒有必要繼續追問下去，所以讓阿露和阿米進了房間：「請進房間來。」

新三郎《しんざぶろう》はお露《つゆ》と再会《さいかい》できて、まるで夢《ゆめ》を見《み》ているようでした。

それからというもの、毎晩毎晩《まいばんまいばん》お露《つゆ》とお米《よね》は新三郎《しんざぶろう》の部屋《へや》へ訪《おとず》れては、楽《たの》しい夜《よる》を過《す》ごしていました。

ある日《ひ》の晩《ばん》、伴蔵《ともぞう》は新三郎《しんざぶろう》の部屋《へや》から女《おんな》の声《こえ》が聞《き》こえてくるという①噂《うわさ》を聞《き》き、どんな女《おんな》か確《たし》かめてやろうと②そっと新三郎《しんざぶろう》の部屋《へや》の前《まえ》まで来《き》ました。

そして、③案《あん》の定《じょう》新三郎《しんざぶろう》と女《おんな》の楽《たの》しそうな声《こえ》が聞《き》こえてきたので、そっと障子《しょうじ》の隙間《すきま》から覗《のぞ》いてみました。④すると、女《おんな》を抱《だ》きながら、⑤なんとも幸《しあわ》せそうな顔《かお》をしている新三郎《しんざぶろう》が見《み》えました。

「全《まった》く旦那様《だんなさま》ときたら。」と羨《うらや》ましそうに⑥暫《しばら》く覗《のぞ》いていると、次《つぎ》は女《おんな》の顔《かお》がこちらを向《む》きました。そうしたら、どうしたことでしょう。その女《おんな》の顔《かお》というのは、いや、顔《かお》というものではなく、真《ま》っ白《しろ》の肉《にく》、肉《にく》というより骨《ほね》と言《い》った方《ほう》が正《ただ》しいかもしれません。何《なん》と新三郎《しんざぶろう》は⑦骸骨《がいこつ》と抱《だ》き合《あ》っているのでした。

◆字

① **噂《うわさ》**：議論、閒話、謠言。

② **そっと**：悄悄地。

③ **案《あん》の定《じょう》**：果然、不出所料。

④ **すると**：①於是，為表示順序承接的連詞。②那麼，為表示由前面的事情而推論出的結果。在此為①的意思。

⑤ **なんとも**：①非常、實在。②無關緊要。在此為①的意思。

⑥ **暫《しばら》く**：暫時、一會兒的時間。

⑦ **骸骨《がいこつ》**：白骨，沒有肉只剩下骨頭的身軀。

◆句

○ **～ときたら**：若說到～。前方加名詞。

○ **というより**：與其說是……。

能夠和阿露重逢，新三郎覺得自己好像在做夢。

從此之後，阿露和阿米每天晚上都會前來造訪新三郎的房間，共度快樂的夜晚。

某天晚上，伴藏因為聽到從新三郎的房間傳出女子說話聲的傳聞，決定前去一探對方是位什麼樣的女子，於是他悄悄地來到新三郎的房門口。

不出所料，確實聽見了新三郎和女子開心談笑的聲音。於是，他就悄悄從紙門的隙縫往內窺探。他看到新三郎摟著女人，同時臉上還掛著幸福不已的表情。

伴藏心想：「哎呀，老爺真是的。」羨慕地偷看了一會兒，這時女子把臉朝這邊轉了過來。接著，這是怎麼回事呢？那位女子的臉，不、不能稱之為臉，而是雪白的肉，也不對，應該說是骨頭或許比較正確。

沒想到，新三郎竟是和一具骨骸互相擁抱著！

○ **～かもしれません**：也許、可能。

伴蔵《ともぞう》は①震《ふる》え上《あ》がり、②一目散《いちもくさん》に逃《に》げて帰《かえ》っていきました。

どこをどう走《はし》って帰《かえ》ったのか全《まった》く覚《おぼ》えておらず、気《き》づいたら伴蔵《ともぞう》は自分《じぶん》の部屋《へや》に居《い》ました。伴蔵《ともぞう》は布団《ふとん》の中《なか》に③もぐり、朝《あさ》が明《あ》けるのをただただ待《ま》ちました。

そして朝日《あさひ》が昇《のぼ》るとともに、隣《となり》に寝《ね》ている妻《つま》のお峰《みね》に声《こえ》もかけず、④人相見《にんそうみ》の白翁堂勇斎《はくおうどうゆうさい》の所《ところ》へ行《い》きました。

「せ、先生《せんせい》、大変《たいへん》です。」

「こんな朝早《あさはや》くにどうしたと言《い》うのじゃ。」

「それが、萩原様《はぎわらさま》の部屋《へや》に女《おんな》が毎晩《まいばん》⑤泊《と》まりに来《き》ているんです。」

「新三郎《しんざぶろう》だって男《おとこ》だ、女《おんな》が泊《と》まりに来《く》るくらい悪《わる》いことでもなかろう。」

「いや、その女《おんな》が女《おんな》ではなく、その、人《ひと》ではないのです。」

「ところで、どうしてお前《まえ》さんは新三郎《しんざぶろう》の部屋《へや》を覗《のぞ》いておったんじゃ。」

伴藏嚇得渾身打顫，一溜煙地逃走了。

伴藏完全不記得自己是往哪跑？以及如何跑回來的？只知道回過神來，才發現已身在自己的房間了。伴藏鑽進被窩裡，一直等待天亮的那一刻。

隨著太陽升起後，他沒有知會在一旁睡覺的妻子阿峰一聲，就直接去找面相師白翁堂勇齋了。

「大、大師，事情不好了。」

「怎麼啦？一大早的。」

「有位女人每天晚上都會在荻原大人的房間留宿。」

「新三郎也是男人，有女人來留宿也不是壞事吧。」

「但是那個女人不是女人啊，她、她根本不是人。」

「話說回來，你為什麼會去偷看新三郎的房間呢？」

◆**字**

① **震《ふる》え上《あ》がる**：發抖，驚嚇至極。

② **一目散《いちもくさん》**：一溜煙地。

③ **もぐる**：①潛入（水中）②攢、攢進。③潛伏活動。在此為②的意思。

④ **人相見《にんそうみ》**：看面相的人、算命師。

⑤ **泊《と》まる**：①過夜住宿。②船隻停泊。在此為①的意思。

◆**句**

○ **とともに**：①同時，表示A變化了，B也隨即跟著變化或行動。②一起。在此為①的意思。

「いや、その、少《すこ》し萩原様《はぎわらさま》が心配《しんぱい》になりまして。」

「まあよい。」

そして伴蔵《ともぞう》は新三郎《しんざぶろう》の部屋《へや》で見《み》たことを①一切合財《いっさいがっさい》話《はな》しました。

それを聞《き》くうちに勇斎《ゆうさい》の顔《かお》が②みるみる変《か》わり、「このままでは危《あぶ》ない。一度《いちど》新三郎《しんざぶろう》を見《み》てみないといけないいな。しかしこのことは誰《だれ》にも言《い》うんじゃないぞ。」

「もちろんです。③かみさんにだって言《い》ってないんですから。」

そして、④すっかり明《あか》るくなってくると、勇斎《ゆうさい》は伴蔵《ともぞう》を連《つ》れて、新三郎《しんざぶろう》の部屋《へや》へ行《い》きました。

「何《なん》のご用《よう》でしょう？」

「まあまあ。」と言《い》い、勇斎《ゆうさい》は部屋《へや》に入《はい》るや否《いな》や新三郎《しんざぶろう》の顔《かお》を⑤天眼鏡《てんがんきょう》で見始《みはじ》めました。

「⑥やはり死相《しそう》が出《で》ておる。」

「不是啦，那個，因為我有點擔心荻原大人的狀況。」

「恩，罷了。」

於是，伴藏一五一十地説出他在新三郎房裡看到的一切情景。

聽著聽著，勇齋的臉色逐漸改變，他對伴藏説：「再這樣下去很危險。我得去見新三郎一面才行。不過，這件事你可不能向任何人提起。」

「當然了。我連我老婆都沒提。」

等到天色完全變亮，勇齋便帶著伴藏一起去新三郎的房間。

「請問有什麼事嗎？」

勇齋回答：「有點事。」一進入房間，馬上用放大鏡看起新三郎的臉。

「果然出現死相。」

◆字

① **一切合財**《いっさいがっさい》：全部、所有的一切。

② **みるみる**：眼看著、轉眼間、很快地。

③ **かみさん**：①妻子、太太。②老闆娘。在此為①的意思。

④ **すっかり**：完全、全部。

⑤ **天眼鏡**《てんがんきょう》：①看面相用的凸鏡。②望遠鏡。在此為①的意思。

⑥ **やはり**：①仍然、照舊之意。②還是、畢竟。③果然。在此為③的意思。

「朝早《あさはや》くに①いきなり来《こ》られて死相《しそう》が出《で》ていると言《い》われても。」

「②真夜中《まよなか》に通《かよ》ってくる女《おんな》が原因《げんいん》だ。」

「その女《おんな》は何《なに》も悪《わる》いことはしていないですよ。」

「その女《おんな》は生《い》きている女《おんな》ではない。③死霊《しりょう》だ。」

「④まさか。」

「伴蔵《ともぞう》が言《い》うには、お前《まえ》さんは真《ま》っ白《しろ》な骸骨《がいこつ》と抱《だ》き合《あ》っておったとか。」

「そんなこと言《い》われても、⑤納得《なっとく》できない。」

「それならば、お露《つゆ》とお米《よね》のお墓《はか》に行《い》ってみると良《よ》いだろう。」

新三郎《しんざぶろう》は昨晩《さくばん》のことを思《おも》い出《だ》し、あのお露《つゆ》の手《て》の⑥ぬくもりが⑦偽《いつわ》りのはずがないと思《おも》い、⑧早速《さっそく》お墓《はか》の場所《ばしょ》を教《おし》えてもらい、行《い》きました。

◆字

① **いきなり**：突然、冷不防。

② **真夜中《まよなか》**：深夜的時候。

③ **死霊《しりょう》**：人死去的靈魂。

④ **まさか**：難道、不會吧、不可能吧。（吃驚懷疑的樣子。）

⑤ **納得《なっとく》**：理解、同意。

⑥ **ぬくもり**：溫暖。這裡指手溫的意思。

⑦ **偽《いつわ》り**：謊言、假象。

⑧ **早速《さっそく》**：立刻、馬上。

◆句

○ **はずがない**：覺得不可能有這樣的事。

「一大早就突然不請自來，還說出現死相是什麼意思啊？」

「原因出在每天半夜都會來找你的女人。」

「那個女人又沒做什麼壞事。」

「那個女人不是活人，是亡靈。」

「怎麼可能。」

「我聽伴藏說，你和一具雪白的骨骸抱在一起呢。」

「就算聽你這麼說，我還是覺得不可能。」

「既然如此，你就去阿露和阿米的墳墓看看吧。」

新三郎回想起昨晚的經過，覺得阿露手心的溫度應該不可能有假，所以趕緊問了墳墓的位置，前去確認。

しかし、教《おし》えられた場所《ばしょ》に行《い》きましたら、やはりお露《つゆ》とお米《よね》のお墓《はか》が①しっかりと立《た》ててありました。「やはり幽霊《ゆうれい》だったのか。」そしてすぐに勇斎《ゆうさい》にこのことを報告《ほうこく》し、

「今夜《こんや》も、その女《おんな》は来《く》るでしょうか。どうしたらいいんでしょう。」

「新幡随院《しんばんずいいん》に和尚《おしょう》がおる。手紙《てがみ》を書《か》いてあげるからそこに相談《そうだん》すると良《よ》い。」と教《おし》えられ、早速新幡随院《さっそくしんばんずいいん》へ走《はし》って行《い》きました。

着《つ》いた途端《とたん》、すぐに中《なか》に案内《あんない》されました。「お前《まえ》さんが萩原新三郎《はぎわらしんざぶろう》さんかな。」「はい、手紙《てがみ》にも書《か》いてある②通《とお》り、死霊《しりょう》に③取《と》り付《つ》かれております。死霊《しりょう》を④払《はら》って下《くだ》さい。」和尚《おしょう》は新三郎《しんざぶろう》の顔《かお》を見《み》るや否《いな》や、「やはり死霊《しりょう》が取《と》り付《つ》いておるようじゃのう。よし、⑤お札《ふだ》を渡《わた》すから、これを家中《いえじゅう》あちこちに貼《は》って幽霊《ゆうれい》が入《はい》って来《こ》れないようにすると良《よ》いじゃろう。それから夜《よる》になったら、⑥お経《きょう》を⑦一心《いっしん》に読《よ》むと良《よ》い。」

新三郎《しんざぶろう》は礼《れい》を言《い》って、早速部屋《さっそくへや》に戻《もど》り、日《ひ》が暮《く》れる頃《ころ》には、言《い》われた通《とお》りお札《ふだ》をあちこちに貼《は》り、そしてお経《きょう》を⑧唱《とな》え始《はじ》めました。

但是，一到那裡，果真豎立著阿露和阿米的墓碑。「難不成我看到的真的是幽靈嗎？」於是他馬上向勇齋回報這件事，並且請教他：「今晚那個女人也會來嗎？我該怎麼辦才好呢？」

「新幡隨院有位和尚可以幫你。我會幫你寫封信，你可以找他商量。」新三郎聽聞後，立刻跑到新幡隨院去了。

他一抵達，就馬上被帶進寺內。「你是荻原新三郎嗎？」「是的。正如信上所寫的，我被亡靈附身。請您幫幫我驅除亡靈吧。」和尚一看新三郎的臉，馬上告訴他：「你果然被亡靈附身了。這樣吧，我給你一些符咒。你把這些符咒貼在家中各處，只要讓幽靈進不來的話就沒問題了。除此之外，到了晚上，你一定要專心唸經。」

新三郎道了謝，馬上回到自己的房間。等到天色暗下來，他立刻按照吩咐，在房間的每處貼上符咒後開始唸經。

◆ **字**

① **しっかり**：①堅固、牢牢地。②健壯地。③可靠地。在此為①的意思。

② **通《とお》り**：①依照、同樣。②大道、馬路。在此為①的意思。

③ **取《と》り付《つ》く**：①纏住。②抱住。③開始。在此為①的意思。

④ **払《はら》う**：①趕走、祛除。②支付、付出。在此為①的意思。

⑤ **お札《ふだ》**：神符、護身符。

⑥ **お経《きょう》**：佛經。

⑦ **一心《いっしん》**：專心一致。

⑧ **唱《とな》え始《はじ》める**：開始唸誦。

◆ **句**

○ **～た途端《とたん》**：一……就……。

そして夜《よ》が更《ふ》けると、いつものようにカランコロンと音《おと》が鳴《な》り、こちらに向《む》かってきました。障子《しょうじ》が灯籠《とうろう》で明《あか》るくなり、お露《つゆ》とお米《よね》の声《こえ》が聞《き》こえてきました。

「お嬢様《じょうさま》、家《いえ》のあちらこちらにお札《ふだ》が貼《は》ってあります。①どうやら萩原様《はぎわらさま》は②心変《こころが》わりをされたようです。」「あれほど約束《やくそく》をしたのに。」とお露《つゆ》の泣《な》き声《ごえ》が一晩中《ひとばんじゅう》聞《き》こえ、新三郎《しんざぶろう》は心《こころ》が張《は》り裂《さ》けそうな思《おも》いで、それでもなお一心《いっしん》にお経《きょう》を唱《とな》えていました。伴蔵《ともぞう》が新三郎《しんざぶろう》がなんとか無事《ぶじ》に死霊《しりょう》から逃《のが》れられたと安心《あんしん》し、夜寝《よるね》ていたところ、カランコロンと音《おと》が鳴《な》るではありませんか。

伴蔵《ともぞう》はまさかと思《おも》い、布団《ふとん》の中《なか》にもぐっていましたが、③怖《こわ》い物見《ものみ》たさの気持《きも》ちが抑《おさ》え切《き》れず、そっと布団《ふとん》の外《そと》を見《み》てみると、そこにはなんとお露《つゆ》とお米《よね》が座《すわ》っていました。伴蔵《ともぞう》はあまりの怖《こわ》さに腰《こし》が抜《ぬ》けてしまい、「南無阿弥陀仏《なむあみだぶつ》、南無阿弥陀仏《なむあみだぶつ》。」と唱《とな》えました。

お米《よね》は伴蔵《ともぞう》を④睨《にら》むようにして「伴蔵《ともぞう》さん、お嬢様《じょうさま》があれほど思《おも》いを寄《よ》せている萩原様《はぎわらさま》のお部屋《へや》にお札《ふだ》が貼《は》ってあるではありませんか。四十九日《しじゅうくにち》までの間《あいだ》、⑤せめて萩原様《はぎわらさま》にお会《あ》いできるようにお札《ふだ》を剥《は》がしてくれませんか。」と頼《たの》みました。

過了一段時間，夜幕更深時，喀拉作響的木屐聲一如往常地響起，朝著這裡逼近。紙門被燈籠照得明亮，新三郎也聽到了阿露和阿米的說話聲。

「小姐，家裡到處都貼著符咒。看樣子，荻原大人好像變心了。」

「我們明明許下那麼堅定的誓言……。」一整晚都聽得到阿露的哭聲，新三郎即使覺得心快被撕裂了，還是聚精會神地唸經。伴藏想到新三郎總算能平安地從亡靈手中逃過一劫，便放下心來準備睡覺，這時耳邊卻響起喀拉喀拉的聲音。

伴藏心想著不會吧！立刻鑽進被窩裡，但終究無法壓抑想一探究竟的慾望，悄悄地從被窩往外一看，坐在外面的竟然是阿露和阿米。伴藏因為太過恐懼而全身癱軟，嚇得口中直唸：「南無阿彌陀佛、南無阿彌陀佛。」

阿米直瞪著伴藏，然後拜託他：「伴藏先生，小姐如此思慕的荻原大人，現在房間裡不是貼著符咒嗎？你能不能幫忙撕掉符咒，好讓小姐在七七四十九天這段時間可以見到荻原大人呢？」

◆字

① **どうやら**：①好不容易。②好像是、大概。在此為②的意思。

② **心《こころ》変《が》わり**：變心了、心意改變了。

③ **怖《こわ》い物見《ものみ》たさ**：愈是可怕愈是想一探究竟的好奇心。

④ **睨《にら》む**：瞪著看、凝視著。

⑤ **せめて**：起碼、至少。

◆句

○ **夜《よ》が更《ふ》ける**：到了深夜。

○ **腰《こし》が抜《ぬ》ける**：①閃到腰。②被嚇得身體癱軟。在此為②的意思。

○ **思《おも》いを寄《よ》せる**：表示傾心、喜歡、愛戀。

伴蔵《ともぞう》はあまりの怖《こわ》さに「は、はい、分《わ》かりました。」と約束《やくそく》をしてしまいました。

それからお露《つゆ》とお米《よね》は①すうっと消《き》えて、伴蔵《ともぞう》は布団《ふとん》にもぐり、朝《あさ》までなんとか過《す》ごしました。

夜《よ》が明《あ》けるとお峰《みね》が、「お前《まえ》さん、昨晩《さくばん》誰《だれ》と②喋《しゃべ》ってたんだい？」と聞《き》き、伴蔵《ともぞう》は勇斎《ゆうさい》との約束《やくそく》も忘《わす》れ、全《すべ》てを話《はな》しました。お峰《みね》は、「お札《ふだ》を剥《は》がす条件《じょうけん》に金《かね》を貰《もら》ったらどうだい。金《かね》をくれなきゃ③お札《ふだ》は剥《は》がさないよって言《い》ってやるんだ。」

「おい、死霊《しりょう》が金《かね》なんて持《も》ってるわけねぇだろ。」

「死霊《しりょう》なら、なんとかして金《かね》くらい用意《ようい》してくるさ。」

「死霊《しりょう》に金《かね》を持《も》って来《こ》させるなんて初《はじ》めて聞《き》いたぜ。」と、伴蔵《ともぞう》も悪《わる》い話《はなし》ではないと思《おも》い、今夜《こんや》言《い》ってやろうと決心《けっしん》しました。そしてその夜《よる》、またカランコロンとやってきました。

伴蔵《ともぞう》は④怯《おび》えながら、「おい、来《き》たぜ。」「⑤あんたが金《かね》の話《はなし》をするんだよ。」「お前《まえ》が考《かんが》えたことだろ、お前《まえ》が話《はな》せよ。」等《など》と言《い》っているうちに、気《き》づいたら目《め》の前《まえ》にお露《つゆ》とお米《よね》が座《すわ》っていました。

伴藏實在太過害怕，所以答應了：「好、好，我知道了。」

之後，阿露和阿米便無聲無息地消失，伴藏也鑽進被窩裡，想辦法撐到早上。

天亮後，阿峰問伴藏：「你昨晚在和誰在講話？」伴藏忘了他和勇齋的約定，把全部的事情都告訴了阿峰。阿峰說：「你要不要收點錢，當作撕下符咒的條件？就跟他們說如果不給錢，就不會撕掉符咒。」

「喂！亡靈怎麼可能會有錢？」

「既然是亡靈，應該會想辦法把錢準備好吧。」

「我可是第一次聽說有人要亡靈帶錢過來。」但伴藏認為這個主意不壞，決定今晚要這麼說。一到晚上，喀拉喀拉腳步聲再度響起。

「喂、她們來了。」「你可要記得提錢的事。」「這是妳的主意吧。那就妳自己來講。」正當伴藏一邊害怕地和阿峰一來一往的時候，回過神來，阿露和阿米已經坐在眼前了。

◆**字**

① **すうっと**：①迅速地（移動）。②物體突出貌。③痛快感。在此為①的意思。

② **喋《しゃべ》る**：說話。

③ **きゃ**：等於ければ，與な接續後變成なきゃ，表示如果不……的話。

④ **怯《おび》える**：害怕。

⑤ **あんた**：あなた的音便。多用於婦女對平輩且親近的人的稱呼。

◆**句**

○ **～うちに**：正當……的時候。

お米《よね》は、「伴蔵《ともぞう》さん、お札《ふだ》がまだ剥《は》がれていないじゃありませんか。どういうことですか。」

「あ、いや、その、実《じつ》はわたくしどもは、萩原様《はぎわらさま》にお①仕《つか》えしておりまして、なんとか生活《せいかつ》している②身《み》でございます。萩原様《はぎわらさま》に③もしものことがあれば、わたくしどもは生《い》きてはいけません。ただ、その……。」「ただ、何《なん》ですか？」とお米《よね》は④いらいらしながら聞《き》きました。

「どうしてもお札《ふだ》を剥《は》がして欲《ほ》しいと⑤おっしゃるのなら、わたくしどもが一生《いっしょう》生《い》きていけるだけの金《かね》を下《くだ》されば剥《は》がしてやってもいいんですが。」

お峰《みね》は、「金《かね》っていうのは百両《ひゃくりょう》だよ、百両《ひゃくりょう》。」と怯《おび》えることもなく、お米達《よねたち》に向《む》かってはっきりと言《い》いました。

お米《よね》は少《すこ》し考《かんが》えてから「分《わ》かりました。百両《ひゃくりょう》を持《も》ってきたら、お札《ふだ》を必《かなら》ず剥《は》がして下《くだ》さいよ。」と言《い》い、消《き》えていきました。

次《つぎ》の日《ひ》の夜《よる》も、お米《よね》とお露《つゆ》は伴蔵《ともぞう》の部屋《へや》に来《き》ました。お米《よね》は紙《かみ》の⑥包《つつ》みを出《だ》し、伴蔵《ともぞう》に⑦差《さ》し出《だ》しました。

伴蔵《ともぞう》が本当《ほんとう》に百両入《ひゃくりょうはい》っているか確《たし》かめる為《ため》に手《て》を差《さ》し出《だ》しましたが、それよりも早《はや》くお峰《みね》が手《て》を出《だ》し、百両《ひゃくりょう》あるか⑧ゆっくりと確認《かくにん》しました。

阿米出聲質問：「伴藏先生，符咒不是還沒撕掉嗎？這是怎麼回事？」

「呃、不是啦，那個，其實我們都是替荻原大人做事，才能勉強混口飯吃。如果荻原大人有個三長兩短，我們的日子就過不下去了。不過……。」阿米不耐煩的追問：「不過什麼？」

「如果您們無論如何都想撕掉符咒的話，只要您們願意付我足夠過一輩子的錢，我就可以替您們撕掉符咒。」

阿峰説：「我們説的錢就是一百兩，要一百兩啦。」阿峰一點也不膽怯，對著阿米和阿露説得一清二楚。

阿米考慮了一下子，告訴兩人：「我知道了。等我帶了一百兩過來，請你一定要撕掉符咒。」之後就消失在他們眼前了。

隔天晚上，阿米和阿露又來到伴藏的房間。阿米拿出一個用紙包裝的包裹，交給伴藏。

伴藏為了確認是否真的裝了一百兩而伸手去接，但阿峰卻比他更快地把手伸出去，接到後慢慢地確認。

◆字

① **仕《つか》える**：服侍、侍奉。

② **身《み》**：身分、處境。

③ **もしものこと**：如果有什麼萬一、三長兩短。

④ **いらいらする**：①著急、急躁的樣子。②感覺刺痛。在此為①的意思。

⑤ **おっしゃる**：「説」的尊敬語。

⑥ **包《つつ》み**：包裹。

⑦ **差《さ》し出《だ》す**：①拿出、交出。②寄出。在此為①的意思。

⑧ **ゆっくり**：慢慢地、充分地。

そしてお米《よね》は、「①約束通《やくそくどお》り、今夜《こんや》お札《ふだ》を剥《は》がして下《くだ》さい。」と言《い》い、ゆっくりと消《き》えていきました。

それから伴蔵《ともぞう》は②昼間《ひるま》の間《あいだ》、あれやこれやと悩《なや》んで居《い》ましたが、やはり自分《じぶん》の身《み》が一番大切《いちばんたいせつ》だと思《おも》い、そして夜《よ》が更《ふ》け、伴蔵《ともぞう》は約束通《やくそくどお》り、お札《ふだ》を剥《は》がしに新三郎《しんざぶろう》の部屋《へや》の前《まえ》まで来《き》ました。

「旦那様《だんなさま》、すまん。」と言《い》い、お札《ふだ》を剥《は》がし、その足《あし》でお峰《みね》と一緒《いっしょ》に遠《とお》くへ逃《に》げるようにして、この町《まち》を後《あと》にしました。

今日《きょう》はお露《つゆ》の③四十九日《しじゅうくにち》。新三郎《しんざぶろう》は今日《きょう》を④乗《の》り越《こ》えれば安心《あんしん》だと、いつものようにお経《きょう》を唱《とな》えていました。

そして、カランコロンと音《おと》が鳴《な》り始《はじ》めました。

そして、いつものように障子《しょうじ》が灯籠《とうろう》で明《あか》るくなりはじめました。

新三郎《しんざぶろう》は一心《いっしん》にお経《きょう》を唱《とな》えていましたが、障子《しょうじ》がゆっくりと開《ひら》きました。そしてお露《つゆ》とお米《よね》が部屋《へや》の中《なか》にすうっと入《はい》ってきました。

新三郎《しんざぶろう》は驚《おどろ》いて、「どうして。」

接著，阿米說：「請依照約定，今晚就把符咒撕掉。」說完之後緩緩消失了。

接下來，伴藏在白天的時候左思右想，為此煩惱不已，但最後他還是覺得自己的安全最重要，於是到了晚上，伴藏便按照約定，為了撕掉符咒而來到新三郎的房門口。

他說完：「老爺，對不起！」便撕掉符咒，和阿峰逃到遠方，把這座城鎮遠遠拋在後頭。

今天是阿露七七四十九天的日子。新三郎以為只要度過今天就可以安心，因此和往常一樣開始唸經。

然後，喀拉喀拉的腳步聲又開始響起。

接著，紙門也像平常一樣，被燈籠照得一片明亮。

新三郎心無旁鶩地唸著經，但紙門卻慢慢地被拉開了。阿露和阿米悄悄地進入房間。

新三郎驚訝問道：「妳們為什麼進得來？」

◆字

① **約束通《やくそくどお》り**：按照約定。

② **昼間《ひるま》**：白天。

③ **四十九日《しじゅうくにち》**：人死後的第四十九天。在佛家的說法，亡者在第四十九天後就必須離開人世，不能待在活著的世界。

④ **乗《の》り越《こ》える**：①度過、越過。②克服。在此為①的意思。

お露《つゆ》は泣《な》きながら「萩原様《はぎわらさま》に会《あ》いとうございました。」と新三郎《しんざぶろう》の背《せ》中《なか》を抱《だ》きしめました。

新三郎《しんざぶろう》は近《ちか》くにある刀《かたな》を抜《ぬ》き、切《き》り裂《さ》こうとしました。

しかしお露《つゆ》は「萩原様《はぎわらさま》に会《あ》えぬのなら、この世《よ》でもあの世《よ》でも生《い》きていても意味《いみ》がありません。」と両手《りょうて》を広《ひろ》げ、切《き》りやすいように身体《からだ》を新三郎《しんざぶろう》の方《ほう》へ向《む》けました。

「お露《つゆ》……。」

新三郎《しんざぶろう》が持《も》っていた刀《かたな》は手《て》から落《お》ち、そしてもう自分《じぶん》の身《み》はどうなっても良《よ》いと思《おも》いました。

「①わしもお露《つゆ》が居《い》ない世界《せかい》では生《い》きてはいけ②ぬ。」と言《い》い、お露《つゆ》を③思《おも》いっきり抱《だ》きしめました。

◆字

① **わし**：わたし的意思，指我。

② **～ぬ**：「ない」的意思，用於鄭重的表現，表示否定的決心。

③ **思《おも》いっきり**：下定決心、毅然決然地。意同於思《おも》い切《き》り。

◆句

○ **会《あ》いとうございます**：「会《あ》いたいです」的敬語表現。表示想要見面。

○ **切《き》り裂《さ》こうとする**：準備要切下去、劈下去。

阿露哭著說：「我好想見荻原大人呀。」一邊從背後抱住了新三郎。

新三郎拿起身旁的刀子，拔刀準備斬殺阿露。

但阿露說：「如果我見不到荻原大人，不論活在人世還是陰間，都沒有意義了。」說完她便兩手一攤，把身體朝向新三郎，好讓他更容易下刀。

「阿露……。」

新三郎緊握的刀從手裡滑落，覺得自己不管出了什麼事都已經無所謂。

「我在沒有阿露的世界裡也活不下去。」新三郎說完這句話後，便使勁抱住阿露。

四十九日《しじゅうくにち》が終《お》わった次《つぎ》の日《ひ》、志丈《しじょう》と勇斎《ゆうさい》と和尚《おしょう》が新三郎《しんざぶろう》の部屋《へや》へ、無事《ぶじ》を確《たし》かめに行《い》きました。

そして、部屋《へや》に向《む》かって声《こえ》をかけても、返事《へんじ》がないので、障子《しょうじ》を開《あ》けてみると、そこにはお露《つゆ》と新三郎《しんざぶろう》が抱《だ》き合《あ》って①倒《たお》れていました。

和尚《おしょう》は、「お札《ふだ》を渡《わた》したはずなのに、剥《は》がれておる。」

志丈《しじょう》は、新三郎《しんざぶろう》に近《ちか》づき、「誰《だれ》かが剥《は》がしたのか、自《みずか》ら剥《は》がしたのかは分《わ》からんが、新三郎《しんざぶろう》はもう呼吸《こきゅう》はしておらぬ。」

そして新三郎《しんざぶろう》を運《はこ》ぼうと三人《さんにん》でお露《つゆ》の身体《からだ》から②引《ひ》き離《はな》そうとしましたが、二人《ふたり》は③きつくきつく抱《だ》き合《あ》っていたのでした。

七七四十九天結束的隔天，志丈、勇齋與和尚一起前往新三郎的房間，確認他是否平安無恙。

他們向房間出聲呼喚，卻沒有得到回應，拉開紙門一看，發現阿露和新三郎相擁著倒在地上。

和尚說：「我明明給他符咒了，卻被撕掉了。」

志丈走近新三郎：「雖然不知道是被別人撕的，還是他自己撕的，但新三郎已經沒有呼吸了。」

於是，為了把新三郎搬出房間，三個人合力想把他和阿露的身體拉開，但是兩人卻緊緊地互擁著對方。

◆字

① **倒《たお》れる**：倒下。

② **引《ひ》き離《はな》す**：①拉開、分開。②（賽跑等的距離）拉開。在此為①的意思。

③ **きつい**：①緊緊的。②嚴苛、苛刻的。③吃力、費力的。在此為①的意思。

◆句

○ **声《こえ》をかける**：喊話、打招呼。

牡丹灯籠《ぼたんとうろう》

牡丹燈籠的由來

本篇取材自中國元末明初的怪異小說集《剪燈新話》與《渭塘奇偶記》，後由相聲名家三遊亭圓朝改編為牡丹燈籠後廣為人知。與《四谷怪談》和《皿屋敷》並列日本三大怪談。

為這篇怪談的詭異氣氛畫龍點睛的莫過於燈籠了！在漆黑的夜裡，牡丹燈籠那幽暗的燈火逐漸逼近時的畫面光是想像就叫人不寒而慄。

然而，據說阿露和阿米會提著燈籠現身是有原因的！在日本，每到中元節，家家戶戶都會佈置擺飾，而在傳統擺飾中，有一盞盆灯籠《ぼんとうろう》，是用來指引祖先順利找到回家的路而設置的。因此有人推定故事中的牡丹燈籠，是用來迎接阿露回到人世的燈籠。但也因為這盞燈籠，讓阿露如願地將心愛的新三郎一起帶去了另一個世界。

中元節的擺設

中元節對日本人而言，是祭祀祖先的節日，為了迎接組先的來到，會有以下一些必要的擺設。

① **笹竹《ささたけ》**：笹竹。畫分出結界。

② **お供《そな》え物《もの》**：供品。通常會擺放新鮮的水果，或者是往生者愛吃的食物。

③ **精霊馬《しょうりょううま》**：精靈馬。使用小黃瓜、茄子製作出馬與牛，做為祖先回家的騎乘；小黃瓜為馬，希望祖先能快點回到家裡。而茄子為牛，願祖先一路慢走。

④ **盆灯籠《ぼんとうろう》**：盆燈籠。指引祖先回家的道路。

四《よつ》谷《や》怪談《かいだん》

03 四谷怪談《よつやかいだん》

時《とき》は元禄《げんろく》の時代《じだい》、①先手組《さきてぐみ》の②浪人《ろうにん》四谷左門《よつやさもん》という者《もの》が住《す》んでいました。

その四谷左門《よつやさもん》にはお岩《いわ》という娘《むすめ》がおりました。そして、お岩《いわ》は二十一歳《にじゅういっさい》の時《とき》に、働《はたら》くのが面倒《めんどう》なので、目《め》が不自由《ふじゆう》だということを③装《よそお》い、④婿養子《むこようし》をして⑤隠居《いんきょ》したいと思《おも》っていた三十一歳《さんじゅういっさい》の民谷伊右衛門《たみやいえもん》という男《おとこ》と出会《であ》い、周《まわ》りの協力《きょうりょく》もあって、嫁《とつ》ぎました。

伊右衛門《いえもん》は嘘《うそ》を言《い》うだけではなく、数々《かずかず》の悪事《あくじ》を働《はたら》く者《もの》でした、ある時《とき》左門《さもん》の金銭《きんせん》を⑥横領《おうりょう》したことが知《し》れ、左門《さもん》は憤慨《ふんがい》し、お岩《いわ》を連《つ》れ戻《もど》してしまいました。

伊右衛門《いえもん》は左門《さもん》にお岩《いわ》との⑦復縁《ふくえん》を迫《せま》りましたが、他《ほか》の悪事《あくじ》も⑧指摘《してき》され、何度《なんど》も断《ことわ》られていました。

左門《さもん》はお岩《いわ》が悲《かな》しむのを恐《おそ》れ、伊右衛門《いえもん》の悪事《あくじ》は内緒《ないしょ》にしていましたが、伊右衛門《いえもん》はどうしてもお岩《いわ》との生活《せいかつ》を⑨望《のぞ》み、⑩辻斬《つじぎ》りの⑪仕業《しわざ》に⑫見《み》せかけ、左門《さもん》を殺《ころ》してしまいました。

◆字

① **先手組《さきてぐみ》**：江戸幕府的軍方編制之一，主要負責維持治安。

② **浪人《ろうにん》**：①古時候失去主人的武士。②比喻重考生和失業者。在此為①的意思。

③ **装《よそお》う**：打扮、裝扮。

④ **婿養子《むこようし》**：招贅女婿。

⑤ **隠居《いんきょ》**：①不工作閑居的人。②退休的老年人。在此為①的意思。

⑥ **横領《おうりょう》**：侵占、私吞。

⑦ **復縁《ふくえん》**：（離婚者）恢復婚姻關係。

⑧ **指摘《してき》**：指出。

⑨ **望《のぞ》み**：希望。

⑩ **辻斬《つじぎ》り**：日本的武士為了試刀而在街上隨機砍殺行人的

04 四谷怪談

時間正值元祿年間，先手組有位叫四谷左門的浪人。

那位四谷左門有個名叫阿岩的女兒。在阿岩二十一歲時，她認識了一位男子。對方是三十一歲的民谷伊右衛門，他因為嫌工作麻煩，所以假裝失明，並且打算入贅過隱居的生活；最後，因為周圍人士的協助，阿岩嫁給了他。

伊右衛門不單只是說謊，還做了種種壞事。有一次還被發現私吞左門的錢，而左門在氣憤之下就把阿岩帶回去了。

伊右衛門雖然向左門施壓，表示想要與阿岩破鏡重圓，但是伊右衛門的其他惡行也被一一點出，所以無論他要求了幾次都被左門拒絕。

左門怕阿岩會傷心，於是向她隱瞞伊右衛門所做的壞事，但是伊右衛門無論如何也想和阿岩一起生活，便將左門偽裝成試刀而死的假像，把左門殺了。

行為。（武士為了磨練武術或測試刀是否鋒利，可隨意斬殺路人而不被問罪）

⑪ **仕業《しわざ》**：所做出的事情，現代多指不好的行為。

⑫ **見《み》せかけ**：假裝、虛假。

◆ 句

○ **目《め》が不自由《ふじゆう》**：眼睛看不清楚，看不見、失明。

○ **だけではなく**：不只是……還……。

○ **悪事《あくじ》を働《はたら》く**：做壞事。

何《なに》も知《し》らないお岩《いわ》は、昼《ひる》も夜《よる》も働《はたら》き、伊《い》右《え》衛門《もん》を①支《ささ》えて②慎《つつ》ましく暮《く》らしていました。

③やがてお岩《いわ》は④身《み》ごもり、働《はたら》きに出《で》かけることができなくなり、さらに病気《びょうき》⑤がちになってしまいました。

伊《い》右《え》衛門《もん》はそんなお岩《いわ》のことを邪魔《じゃま》に思《おも》うようになり、離《はな》れたいと思《おも》うようになりました。

さて、その頃《ころ》伊《い》右《え》衛門《もん》の家《いえ》の近《ちか》くに喜《き》兵《へ》衛《い》という金持《かねも》ちが住《す》んでいました。

喜《き》兵《へ》衛《い》には、それはそれは⑥容姿《ようし》が美《うつく》しく、何《なに》をさせても、器用《きよう》なお梅《うめ》という⑦孫娘《まごむすめ》がおりました。

◆字

① **支《ささ》える**：①支持、支撐。②維持。在此為①的意思。

② **慎《つつ》ましい**：①節儉的、儉樸的。②謙虛、客氣的。③彬彬有禮的。在此為①的意思。

③ **やがて**：①不久後。②幾乎、大概是。③就是、即是。在此為①的意思。

④ **身《み》ごもり**：懷孕了。

⑤ **～がち**：常常、有……的傾向。前接名詞或動詞連用形。

⑥ **容姿《ようし》**：容貌姿態。

⑦ **孫娘《まごむすめ》**：孫女。

毫不知情的阿岩，日以繼夜不停地工作，她成為伊右衛門的生活支柱，過著簡樸的日子。

不久之後，阿岩身懷六甲，開始無法外出工作，而且又變得常常生病。

伊右衛門開始覺得阿岩礙事，動了想要離開她的念頭。

話說，當時伊右衛門家的附近，住了一名叫喜兵衛的有錢人。

喜兵衛有一個容貌美麗，而且不論讓她做什麼事，表現都很出色的孫女，名叫阿梅。

お梅《うめ》も良《よ》い歳《とし》となり、①嫁《とつ》がせたいと思《おも》った喜兵衛《きへい》は、②女房《にょうぼう》のことを嫌《きら》っている伊右衛門《いえもん》を思《おも》い出《だ》し、呼《よ》んで酒《さけ》を飲《の》みながら、そのことを話《はな》しました。

「お前《まえ》が③引《ひ》き受《う》けてくれたら、一生《いっしょう》お前《まえ》の面倒《めんどう》を見《み》てやってもいい。金《かね》はいくらだってくれてやる。」

お金《かね》に目《め》がくらんだ伊右衛門《いえもん》はこの話《はなし》を喜《よろこ》びましたが、「あの女《おんな》とはどうやって縁《えん》を切《き》ったらいいのでしょう。」とお岩《いわ》との関係《かんけい》を相談《そうだん》しました。「良《い》い考《かんが》えがある。」と、喜兵衛《きへい》は伊右衛門《いえもん》に一《ひと》つの方法《ほうほう》を教《おし》えました。

伊右衛門《いえもん》は早速《さっそく》、家《いえ》にある衣服《いふく》や④道具《どうぐ》を持《も》ち出《だ》し、二《に》、三日帰《さんにちかえ》らずに居《い》ました。中々旦那《なかなかだんな》が帰《かえ》ってこないので、お岩《いわ》はとても心配《しんぱい》し、毎晩泣《まいばんな》いて過《す》ごしていました。

阿梅正值芳齡，想把她嫁出去的喜兵衛，想到了嫌惡妻子的伊右衛門，於是把他叫來，邊喝酒邊向他提出這個主意。

「如果你願意接受這門親事，我可以照顧你一輩子。你要多少錢我都給你。」

被錢蒙蔽雙眼的伊右衛門，雖然欣然地接受了這項提議，但……

「我不知道該怎麼做才能和那個女人斷絕緣分。」他和喜兵衛商量著該如何處理他與阿岩的關係。「我有個好主意。」喜兵衛告訴了伊右衛門一個方法。

伊右衛門馬上把家裡的衣服和日用品帶出來，連續兩三天都沒回去。遲遲等不到丈夫回家的阿岩非常擔心，每晚以淚洗面。

◆字

① **嫁《とつ》がせる**：嫁出去。

② **女房《にょうぼう》**：妻子。

③ **引《ひ》き受《う》ける**：①答應、接受。②做保證。③照顧、照應。在此為①的意思。

④ **道具《どうぐ》**：①工具。②舞台用的道具。③家具、日用品。④手段。在此為③的意思。

◆句

○ **面倒《めんどう》を見《み》る**：照顧、照料。

○ **目《め》がくらむ**：①太亮使眼睛昏花。②因利益而使心智被迷惑，無法判斷對錯。在此為②的意思。

○ **縁《えん》を切《き》る**：斷絕關係。

それから喜兵衛《きへい》の家《いえ》からお岩《いわ》の所《ところ》へ①使《つか》いが来《き》て、話《はなし》があるので来《き》て欲《ほ》しいと伝《つた》えられ、お岩《いわ》は夕方《ゆうがた》になっても、伊右衛門《いえもん》が帰《かえ》ってこないので、戸《と》を閉《し》めて、喜兵衛《きへい》の家《いえ》へ向《む》かいました。

喜兵衛《きへい》はすぐ②出迎《でむか》えて座敷《ざしき》へあげました。

「あなたをお呼《よ》びしたのは伊右衛門《いえもん》のこと③について、お話《はなし》をしておきたいことがあるからです。あなた様《さま》の両親《りょうしん》とは昔《むかし》から④深《ふか》い付《つ》き合《あ》いがある⑤為《ため》、その娘《むすめ》であるあなたのことを思《おも》って⑥あえて言《い》うのですが、あの人《ひと》は良《よ》さそうな人《ひと》に見《み》えて、⑦博打《ばくち》をしたり、昼《ひる》も夜《よる》も⑧酒浸《さけびた》りになったり、最近《さいきん》では他《ほか》の女《おんな》にうつつを抜《ぬ》かしたりして、家《いえ》にも帰《かえ》らないような生活《せいかつ》をしているようです。こんなことが続《つづ》けば、あなたはいつかは捨《す》てられ、路頭《ろとう》に迷《まよ》わなくてはならなくなります。⑨どうか一度《いちど》自分《じぶん》の為《ため》にも旦那《だんな》に注意《ちゅうい》をするようにしてもらえないでしょうか。」

これを聞《き》いたお岩《いわ》は恥《は》ずかしくなると同時《どうじ》に悲《かな》しくもなりました。

そして泣《な》きながら帰宅《きたく》しましたが、伊右衛門《いえもん》は帰《かえ》っていませんでした。

◆ 字

① **使《つか》い**：①被派去（來）的使者。②被打發出去辦事。在此為①的意思。

② **出迎《でむか》える**：迎接。

③ **～について**：關於……。

④ **深《ふか》い付《つ》き合《あ》い**：深厚的交際來往、深厚的情誼。

⑤ **為《ため》**：①原因、理由。②目的。③利益、好處。在此為①的意思。

⑥ **あえて**：①鼓起勇氣、硬要。②不見得、沒必要……，後續否定。在此為①的意思。

⑦ **博打《ばくち》**：賭博。

⑧ **酒浸《さけびた》り**：經常喝酒，沉溺在喝酒中。

之後，阿岩家來了一位喜兵衛家派來的僕役，向阿岩表明有話要説，希望她能過去一趟。阿岩等到傍晚仍不見伊右衛門歸來，於是關上門，前往喜兵衛家去。

喜兵衛立刻出來迎接，並請她入座。

「我請妳來是想和妳談談有關伊右衛門的事。我和妳的父母親從以前就有深交，正因如此，為了妳這位舊友的女兒著想，才想和妳説的。那個人看似個好人，其實他不但好賭，而且不論晝夜都沉浸在酒裡，甚至聽説他最近還迷戀上別的女人，連家都不歸了。這種情況如果持續下去，妳哪天一定會被他拋棄，到時候就不得不流落街頭了。也算是替自己著想，請妳好好訓一頓自己的丈夫吧。」

阿岩聽到這些話，除了覺得羞愧，同時也感到很悲傷。

之後，她便哭著回家了，但依然不見伊右衛門回來。

---

⑨ **どうか**：①請……。②總有辦法的。③感覺有點問題，有點奇怪。④好像。在此為①的意思。

◆句

○ **うつつを抜《ぬ》かす**：迷戀得神魂顛倒。

○ **路頭《ろとう》に迷《まよ》う**：流落街頭，生活無著落。

○ **なくてはならない**：①不能沒有。②必定會……。在此為②的意思。

実《じつ》はその晩《ばん》は喜《き》兵《へ》衛《い》の家《いえ》にいて、隣《となり》の部屋《へや》から喜《き》兵《へ》衛《い》とお岩《いわ》の話《はなし》を聞《き》いていたのでした。

お岩《いわ》はまた一人《ひとり》で夜《よる》を過《す》ごしました。そして朝《あさ》を迎《むか》えると伊《い》右《え》衛門《もん》は帰《かえ》ってくるや否《いな》や、「昨夜帰宅《さくやきたく》しても、戸《と》が閉《し》まっており、誰《だれ》も居《い》ない様子《ようす》だった。①一体全体《いったいぜんたい》あんな夜中《よなか》に旦那《だんな》に内緒《ないしょ》でどこに行《い》っていたのだ。②けしからん女《おんな》だ。」と③怒鳴《どな》り付《つ》けました。

お岩《いわ》は、「私《わたし》は喜《き》兵《へ》衛《い》様《さま》に呼《よ》ばれたので、家《いえ》に行《い》ってきたのです。そうしますとあなたは博打《ばくち》をしてる等《など》、他《ほか》の女《おんな》にうつつを抜《ぬ》かしている等《など》聞《き》かされ、とても恥《は》ずかしい思《おも》いをしたのです。それは一体《いったい》どういうことなのですか？」と④反論《はんろん》しました。

「なぜあんな夜中《よなか》に⑤わざわざ一人《ひとり》で男《おとこ》の家《いえ》へ⑥上《あ》がりこんだりするのだ。そんな馬鹿《ばか》なことがあるか。」とお岩《いわ》を⑦殴《なぐ》り付《つ》けました。

お岩《いわ》は大《おお》きな声《こえ》で泣《な》き叫《さけ》びましたが、それでも伊《い》右《え》衛門《もん》はお岩《いわ》の顔《かお》が変形《へんけい》する程《ほど》⑧容赦《ようしゃ》なく殴《なぐ》り付《つ》け、そして家《いえ》を出《で》ていきました。

◆ 字

① **一体全体《いったいぜんたい》**：一体《いったい》的強調説法，表示究竟的意思。

② **けしからん**：不像話、豈有此理。

③ **怒鳴《どな》り付《つ》ける**：大聲責罵。

④ **反論《はんろん》する**：反駁，説明反對意見。

⑤ **わざわざ**：①特意地。②故意地。在此為①的意思。

⑥ **上《あ》がりこむ**：沒禮貌地進去（別人家）。

⑦ **殴《なぐ》り付《つ》ける**：狠狠地揍一頓、痛打一頓。

⑧ **容赦《ようしゃ》なく**：毫不客氣、無情。

其實，伊右衛門那天晚上也在喜兵衛家，他待在隔壁房間裡，聽著喜兵衛和阿岩的對話。

阿岩又獨自過了一晚。然後到了早晨，伊右衛門一回家就立刻怒罵阿岩：「我昨天晚上回來的時候，門居然是關著的，看樣子好像沒有人在家。妳到底在半夜瞞著丈夫去了什麼地方？真是個不檢點的女人。」

阿岩出言反駁：「我是因為被喜兵衛大人叫去，才會去他家。去了之後，他告訴我你喜歡賭博，還迷戀上其他女人等等的事，讓我感到非常地羞恥。這到底是怎麼一回事呢？」

伊右衛門卻說：「妳為什麼特意在半夜一個人闖進男人的家？天底下有這麼荒唐的事嗎？」然後痛打了阿岩一頓。

阿岩雖然大聲哭喊，伊右衛門卻毫不留情地痛毆，打到阿岩的臉都變形的程度，接著就離開家門了。

◆句

○朝《あさ》を迎《むか》える：早晨來臨。

○～する程《ほど》：到……的程度。

○家《いえ》を出《で》る：離開家裡。

お岩《いわ》はそれから泣《な》きながら喜《き》兵《へ》衛《い》の所《ところ》へ走《はし》っていきました。

「その顔《かお》はどうなさったのですか？」

「私《わたし》は伊《い》右《え》衛門《もん》に散々《さんざん》な目《め》に遭《あ》わされました。」

お岩《いわ》は①なおも泣《な》きながら助《たす》けを求《もと》めました。「まあまあ、落《お》ち着《つ》きなさい。」と喜《き》兵《へ》衛《い》はお茶《ちゃ》を差《さ》し出《だ》しました。

お岩《いわ》は少《すこ》し②泣《な》き止《や》み、走《はし》って喜《き》兵《へ》衛《い》の所《ところ》に来《き》たからか喉《のど》も渇《かわ》いており、お茶《ちゃ》を③一気《いっき》に④飲《の》み干《ほ》しました。

そのお茶《ちゃ》にはなんと顔《かお》が醜《みにく》くなるような毒《どく》が入《い》れられていたのでした。

お岩《いわ》の顔《かお》は殴《なぐ》られて⑤腫《は》れていた顔《かお》から、さらに⑥ますます醜《みにく》い顔《かお》となっていきました。

◆字

① **なおも**：①還、再、又的意思。②仍舊。在此為②的意思。

② **泣《な》き止《や》む**：停止哭泣。

③ **一気《いっき》に**：一口氣。

④ **飲《の》み干《ほ》す**：喝光光、喝完。

⑤ **腫《は》れる**：腫起來了。

⑥ **ますます**：愈來愈……。有程度增加之意。

◆句

○ **散々《さんざん》な目《め》に遭《あ》う**：吃了很多的苦頭、受到不好的對待。

○ **助《たす》けを求《もと》める**：尋求幫忙、幫助。

阿岩隨後哭著飛奔到喜兵衛的家。

「妳的臉怎麼了？」

「我被伊右衛門狠狠地修理了一頓。」

阿岩依然哭泣著，向喜兵衛求救。

「好了好了，妳先冷靜下來。」喜兵衛說著，便端了一杯茶出來。

阿岩稍微停止了哭泣；不知是否因為用跑的來到喜兵衛家，她口也渴了，所以一口氣喝光了整杯茶。

而那杯茶，竟然加了會讓容貌變得醜陋的毒藥。

阿岩被打腫的臉龐又變得更難看了。

喜《き》兵《へ》衛《い》はお岩《いわ》のあまりにも醜《みにく》い顔《かお》を見《み》て、すぐに帰《かえ》したいと思《おも》いましたが、①悟《さと》られては全《すべ》てが②台無《だいな》しだと思《おも》い、③平生《へいぜい》を保《たも》っていました。

自分《じぶん》の顔《かお》がどうなっているのかも知《し》らずに、お岩《いわ》は喜《き》兵《へ》衛《い》が親切《しんせつ》にしてくれていると思《おも》って、心《こころ》を許《ゆる》し、何《なに》もかも相談《そうだん》をしました。

「もうそんな酷《ひど》い旦那《だんな》とは別《わか》れたらどうでしょうか。ただ、あなたも身《み》ごもりをしている身《み》です。一人《ひとり》で生《い》きていくのも大変《たいへん》でしょう、良《よ》い男《おとこ》を紹介《しょうかい》してあげます。あなたはまだ若《わか》いし、やり直《なお》しがきくでしょう。」

それを聞《き》いたお岩《いわ》は伊《い》右《え》衛門《もん》のことを少《すこ》し気《き》にしていましたが、喜《き》兵《へ》衛《い》の④せっかくの誘《さそ》いを断《ことわ》るわけにもいかず、喜《き》兵《へ》衛《い》に何度《なんど》も何度《なんど》も感謝《かんしゃ》をし、帰《かえ》っていきました。

やがて、伊《い》右《え》衛門《もん》とお岩《いわ》は別《わか》れ、お岩《いわ》は少《すこ》し落《お》ち着《つ》いてから、喜《き》兵《へ》衛《い》に教《おし》えて貰《もら》った男《おとこ》の家《いえ》を訪《たず》ねましたが、そこには誰《だれ》も住《す》んでいませんでした。

伊《い》右《え》衛門《もん》の方《ほう》は⑤めでたく喜《き》兵《へ》衛《い》の孫娘《まごむすめ》のお梅《うめ》と結納《ゆいのう》を交《か》わしていました。

喜兵衛看見阿岩那奇醜無比的臉龐，雖然很想馬上請她回去，但想到如果被她發覺了，等於功虧一簣，所以還是保持平常的樣子。

阿岩渾然不知自己的臉變成什麼樣子，見喜兵衛對她很親切，所以很信賴他，不論什麼事都找他商量。

「那麼差勁的丈夫妳還是和他分手吧。但是，妳現在又懷有身孕，要一個人過日子也很辛苦吧。我幫妳介紹一個好男人好了。妳還年輕，應該還可以重新開始吧。」

聽了這番話，阿岩雖然還是有些在意伊右衛門，但是她無法拒絕喜兵衛難得的提議，所以她一再向喜兵衛的盛情表示感謝，之後就回家去了。

不久後，伊右衛門和阿岩離婚了；阿岩等到心情稍微平靜後，便出門尋訪喜兵衛幫她介紹的男人的往處，但是那裡卻空無一人，沒有人住。

而伊右衛門則是歡天喜地地和喜兵衛的孫女阿梅訂了婚。

◆字

① **悟《さと》る**：①察覺、發覺。②領悟、覺悟。③看透、看清。在此為①的意思。

② **台無《だいな》し**：糟蹋了、泡湯了。

③ **平生《へいぜい》**：平常。

④ **せっかく**：①特意地。②好不容易、難得。③盡力、努力。在此為①的意思。

⑤ **めでたく**：①表示吉利的、可喜可賀的。②順利的、幸運的。在此為①的意思。

◆句

○ **わけにもいかず**：わけにもいかない的意思，表示不能、不要、不行。

お岩《いわ》はもう一度《いちど》男《おとこ》の家《いえ》の場所《ばしょ》を聞《き》きに行《い》こうと喜兵衛《きへい》の所《ところ》へ行《い》きましたが、お岩《いわ》が見《み》たものは、幸《しあわ》せそうにしている伊右衛門《いえもん》とお梅《うめ》の姿《すがた》でした。そして、その横《よこ》には喜兵衛《きへい》も大層《たいそう》大喜《おおよろこ》びの様子《ようす》でお祝《いわ》いをしていました。

お岩《いわ》は何《なに》が起《お》きているのか暫《しばら》くの間《あいだ》分《わ》からず、呆然《ぼうぜん》としていましたが、やがて全《すべ》てを理解《りかい》し、その後《あと》のことは何《なに》も覚《おぼ》えておらず、気《き》がついたら、家《いえ》で①わんわんと一晩中《ひとばんじゅう》泣《な》いていました。

阿岩為了再次打聽男人家的所在之處，而前往喜兵衛家，但她卻看到，滿臉幸福洋溢的伊右衛門和阿梅。而且，一旁的喜兵衛，看起來也非常開心地大肆慶祝。

阿岩暫時無法理解到底發生什麼事了，顯得茫然失措，但是過沒多久她就明白了事情的來龍去脈；她不記得之後的任何事情，只知道回過神來，才發現自己在家裡嚎啕大哭了一個晚上。

◆字

①**わんわんと**：①哇哇大哭的聲音。②汪汪的狗叫聲。在此為①的意思。

◆句

○**お祝《いわ》いをする**：表示祝福、恭喜。

そして暫《しばら》く経《た》ち、自力《じりき》で嫁《とつ》ぎ先《さき》を見《み》つけようと髪《かみ》を整《ととの》える為《ため》に鏡《かがみ》を見《み》ると、そこにはなんとも醜《みにく》い妖怪《ようかい》の姿《すがた》が映《うつ》っていました。

お岩《いわ》は①すぐさま後《うし》ろを②振《ふ》り返《かえ》りましたが、そこには何《なに》も居《い》ず、再《ふたた》び鏡《かがみ》を覗《のぞ》き込《こ》みました。そこにはまた世《よ》にも恐《おそ》ろしい、もう顔《かお》とは言《い》えない程《ほど》の塊《かたまり》のようなものが映《うつ》り込《こ》んでいました。

しかし、そこに映《うつ》り込《こ》んでいる髪《かみ》はいつも③見慣《みな》れた髪《かみ》でしたので、お岩《いわ》はようやくここで初《はじ》めてこれが自分《じぶん》の顔《かお》だということに気《き》づきました。

お岩《いわ》は恐怖《きょうふ》に④慄《おのの》き、一体《いったい》どうしてこんな顔《かお》になってしまったのかと髪《かみ》を⑤かき上《あ》げて顔《かお》をよく見《み》ようとすると、髪《かみ》が抜《ぬ》け落《お》ちてしまいました。これでは誰《だれ》の所《ところ》へも嫁《とつ》ぐこともできず、身《み》ごもっている身体《からだ》なので働《はたら》くこともできず、もうどうしようもなくなり、相談《そうだん》する相《あい》手《て》もおらず、お岩《いわ》は川《かわ》に身《み》を投《な》げました。

接著過了一段時間，阿岩心想要靠著自己的力量找到歸宿，於是照鏡子打算梳理頭髮，沒想到從鏡子裡卻看到一個樣貌醜陋的妖怪。

阿岩馬上回頭望去，可是那兒什麼也沒有，於是她再度貼近鏡子，看個仔細。映在鏡中的是世上最恐怖、已經無法稱之為臉的團狀物。

但是，鏡中映出來的頭髮是平常看慣的髮型，這時阿岩才發覺這就是自己的臉。

阿岩嚇得直打顫，不明白自己為什麼變成了這副德性；當她撩起頭髮，打算把臉仔細看個清楚時，髮絲卻一拔就掉了。這下子，不論對象是誰，阿岩都不可能把自己嫁出去了，而且現在懷有身孕，也無法工作，她已走投無路，連能商量的對象也沒有，於是便投河自盡了。

◆字

① **すぐさま**：馬上、立刻。

② **振《ふ》り返《かえ》る**：①回頭看、向後看。②回顧、回想。在此為①的意思。

③ **見《み》慣《な》れる**：看習慣、眼熟。

④ **慄《おのの》く**：因害怕、興奮、寒冷等原因導致手腳發抖。

⑤ **かき上《あ》げる**：撩起、往上攏。

◆句

○ **髪《かみ》を整《ととの》える**：梳理頭髮。

○ **～とは言《い》えない程《ほど》**：連……都説不上的程度。

○ **身《み》を投《な》げる**：①一躍而下地自殺。②形容跑步很快的樣子。③熱衷、投入於……。在此為①的意思。

そのことを噂《うわさ》で聞《き》いた伊右衛門《いえもん》は悲《かな》しむどころか、これ幸《さいわ》いとお岩《いわ》が他《ほか》の男《おとこ》と浮気《うわき》をして、自分《じぶん》は散々《さんざん》な目《め》に遭《あ》ったと噂《うわさ》を流《なが》し、全《すべ》てお岩《いわ》が悪《わる》いことにしました。

それから伊右衛門《いえもん》は安心《あんしん》して過《す》ごし、お梅《うめ》との間《あいだ》の①子宝《こだから》にも恵《めぐ》まれました。

ある晩《ばん》、伊右衛門《いえもん》は②寝苦《ねぐる》しさに目《め》を覚《さ》ましました。すると、③枕元《まくらもと》には自分《じぶん》を④見下《みお》ろすお岩《いわ》の姿《すがた》がありました。

從傳聞得知這個消息的伊右衛門，別說傷心難過了，他更藉機散佈出阿岩和其他男人出軌，害自己吃了很多苦頭的謠言，把一切都歸咎為阿岩的錯。

之後，伊右衛門便安心度日，和阿梅之間也生了孩子。

有天晚上，伊右衛門因為睡不好而醒來。結果發現阿岩正在枕邊俯視著自己。

◆字

① **子宝《こだから》**：很寶貝、可愛的孩子。

② **寝苦《ねぐる》しさ**：（因苦惱或天熱等）睡不好。

③ **枕元《まくらもと》**：枕頭邊。

④ **見下《みお》ろす**：俯視、由上往下看。

◆句

○ **これ幸《さいわ》いと**：恰巧的好機會。

○ **噂《うわさ》を流《なが》す**：散佈流言。

○ **目《め》を覚《さ》ます**：醒過來。

驚《おどろ》いた伊《い》右《え》衛門《もん》は、そのお岩《いわ》の首《くび》を斬《き》り落《お》としました。しかし、転《ころ》がった首《くび》を良《よ》く見《み》てみると、なんとお梅《うめ》の首《くび》でした。

恐《おそ》ろしくなり、喜《き》兵《へ》衛《い》の所《ところ》へ逃《に》げていきましたが、①ふと部屋《へや》の②提灯《ちょうちん》を見《み》ると、そこには醜《みにく》い顔《かお》のお岩《いわ》の顔《かお》がありました。

③またもや提灯《ちょうちん》を斬《き》り落《お》とすと、そこには喜《き》兵《へ》衛《い》の首《くび》がありました。

あまりの恐《おそ》ろしさに④気絶《きぜつ》をした伊《い》右《え》衛門《もん》は夢《ゆめ》の中《なか》で、美《うつく》しいお岩《いわ》と会《あ》いました。

お岩《いわ》がこちらに向《む》かって、歩《ある》いてくるので、あまりの美《うつく》しさに伊《い》右《え》衛門《もん》はお岩《いわ》を抱《だ》きしめました。そして髪《かみ》を撫《な》でると髪《かみ》が⑤どさっと落《お》ち、お岩《いわ》がこちらを向《む》くと、妖怪《ようかい》のような顔《かお》がこちらを向《む》きました。

大吃一驚的伊右衛門，把阿岩的頭砍了下來。但是，仔細一瞧，滾落下來的人頭，竟然是阿梅的人頭。

伊右衛門開始感到害怕，趕緊逃到喜兵衛那裡，但猛然一看，房間的燈籠居然出現了容貌醜陋的阿岩。

伊右衛門再次劈落了燈籠，結果滾下來的是喜兵衛的人頭。太過恐懼而昏厥的伊右衛門，在夢中見到了美麗的阿岩。

阿岩朝著伊右衛門走來，因為她的容貌實在太美，伊右衛門情不自禁地抱住了她。然後，他一摸阿岩的頭髮，髮絲卻大把地掉落下來，接著阿岩把臉轉了過來，伊右衛門卻看到一張有如妖怪般的臉龐。

◆字

① **ふと**：①沒有理由、無意識地突然發生某事。②立刻、馬上。③形容動作迅速。在此為①的意思。

② **提灯《ちょうちん》**：提燈、燈籠。

③ **またもや**：再次地（帶有驚訝、感嘆的語氣）。

④ **気絶《きぜつ》**：昏厥、昏了過去。

⑤ **どさっと**：（大把、大量、重的）東西掉落的聲音或樣子。

◆句

○ **髪《かみ》を撫《な》でる**：撫摸著頭髮。

「あなたのことを心《こころ》から愛《あい》していました。」と言《い》いましたが、伊《い》右衛《え》門《もん》はあまりにも恐《おそ》ろしくなり、またもや斬《き》り殺《ころ》してしまいました。そして夢《ゆめ》から覚《さ》めると、そこにはお梅《うめ》との子供《こども》の首《くび》が落《お》ちていました。

それからというもの、伊《い》右衛《え》門《もん》はどこへ行《い》ってもお岩《いわ》の亡霊《ぼうれい》に①苦《くる》しめられ、生《い》きていったのでありました。

「我打從心裡愛著你。」雖然阿岩如此説道，但伊右衛門覺得太恐怖，又將她砍死了。

等到伊右衛門從夢中醒來，才發現掉落在地上的人頭是他和阿梅生的孩子。

從此之後，伊右衛門無論身在何處，都只能被阿岩的亡靈苦苦折磨，度過餘生。

◆字

① **苦《くる》しめる**：①虐待、折磨。②使操心、使為難。在此為①的意思。

◆句

○ **生《い》きていく**：活在這世界上。

四谷《よつや》怪談《かいだん》

四谷怪談的起源

相信有稍微接觸日本怪談的讀者，一定對《四谷怪談》並不陌生。相傳《四谷怪談》是篇將真實故事改編而成的怪談。而為了與實際人物做出區隔，特意將主角的名字由田宮《たみや》伊右衛門《いえもん》改為民谷《たみや》伊右衛門《いえもん》，並且也將地點由東京改為東海道，成為《東海道四谷怪談》。

《東海道四谷怪談》（簡稱四谷怪談）自一八二五年，由鶴屋南北四代目創作成歌舞技狂言後，立即受到大眾喜愛。除歌舞技的演出外，至今已累積了三十部以上的電影作品，即使過了好幾百年，世人對《四谷怪談》的起源依舊充滿了好奇，說法也各執一詞，但不可否認的是，阿岩確實為真實存在的人物。

據說阿岩目前葬在東京都的妙行寺境內。此外，於東京都更有三間神社與寺廟都有祭祀著阿岩，分別是位於四谷左門町的「於岩稻荷田宮神社」、「於岩稻荷陽運寺」以及位在中央區的「於岩稻荷田宮神社」；原本位於四谷宮田家遺址的「於岩稻荷田宮神社」因火災而搬遷至中央區，但後來又於原遺址重新打造了一座「於岩稻荷田宮神社」；而「於岩稻荷陽運寺」則是相傳境內有一口井，是阿岩本人曾經使用過的。

以上都間接證明了阿岩是歷史上曾經存在過的人物，但阿岩實際上到底過著什麼樣的人生呢？大至上有以下兩種說法：

一、田宮家之說

於一六〇〇年左右，田宮伊右衛門為侍奉幕府的武士，與阿岩是一對感情很好的夫妻。但伊右衛門的身分較低，兩人一直過著貧苦的生活，而阿岩為了改善家計，決定離開丈夫前往富有人家當傭人。

努力幫傭的阿岩在工作之餘，常向附近的稻荷神社祈求：「希望夫妻兩人能早日團聚，一起生活。」而雇主看到阿岩為丈夫勤奮工作的模樣，深受感動，主動幫助伊右衛門升官，而夫妻兩人也終於擺脫貧窮，再度一起生活。

阿岩覺得這一切都多虧了稻荷神明的幫忙，於是便在自家庭院中祭祀起稻荷神明。而阿岩過世後便被視為武士之妻的榜樣，也成為當地居民的信仰對象。

二、於岩稻荷由來書上之說

在一八二七年，由地方提交給幕府的報告書中，提到了於岩稻荷的由來，內容指出在四谷左門町，有一位名叫田宮又左衛門的武士，他的女兒阿岩因疱瘡一眼毀容、性情又頑固扭捏，所以一直遲遲嫁不出去，又左衛門怕斷了田宮家的血脈，因此招了浪人伊右衛門來當女婿。

兩人原本相處融洽，直到伊右衛門的上司拜

託他把自己的女兒娶進門。伊右衛門答應後，設下騙局趕走阿岩將上司的女兒娶進門，事後得知真相的阿岩，憤怒地發狂後不知去向。之後，與伊右衛門相關的人們，都開始傳出死訊以及奇怪現象，無可奈何下請妙行寺的上人進行法事後才平息了一切。

但此說法，是在「東海道四谷怪談歌舞技」開演後才出現的版本，與實際的年表相差約有兩百年，因此有人認為這只是為了宣傳歌舞技才刻意捏造的，其真實性一直被大家質疑。

儘管阿岩的真實身世我們不得而知，但《四谷怪談》在日本怪談中的確是數一數二的有名。

如先前所述，《四谷怪談》已被翻拍成三十部以上的電影作品，據說每次要拍攝電影、上演歌舞技前，演員們都必須要去祭拜阿岩，否則將會受到阿岩的詛咒，而這樣的傳說也替《四谷怪談》再度蒙上一層神祕的面紗。

皿屋敷《さらやしき》

05 皿屋敷《さらやしき》

時《とき》は永正《えいしょう》の頃《ころ》、江戸隅田川《えどすみだがわ》に近《ちか》い下町《したまち》の貧《まず》しい①裏長屋《うらながや》で、お菊《きく》という女《おんな》の子《こ》が生《う》まれました。

父《ちち》はお菊《きく》が赤子《あかご》の時《とき》に亡《な》くなっていましたので、母《はは》はお菊《きく》を育《そだ》てる為《ため》に②針子《はりこ》や料理屋《りょうりや》で朝《あさ》から晩《ばん》まで必死《ひっし》に働《はたら》いていました。

物心《ものごころ》が付《つ》き始《はじ》めたお菊《きく》は、なぜ父《ちち》が早《はや》くに亡《な》くなったのか不思議《ふしぎ》に思《おも》うようになりました。

その理由《りゆう》を母《はは》に聞《き》くと、③決《き》まって悲《かな》しい顔《かお》となり、「あの人《ひと》は流行病《はやりやまい》で死《し》んでしまったんだよ。その話《はなし》をすると涙《なみだ》が出《で》てしまうから、もうその話《はなし》をするのはおよし。」と、台所《だいどころ》へ逃《に》げてしまうので、お菊《きく》は聞《き》くのをやめるようになってしまいました。

そしてお菊《きく》が十六歳《じゅうろくさい》の時《とき》、母《はは》は過労《かろう》で病《やまい》にかかってしまいましたが、お金《かね》もなく医者《いしゃ》に掛《か》かることもできず、亡《な》くなってしまいました。

お菊《きく》は家族一人《かぞくひとり》として居《い》なくなり、生涯孤独《しょうがいこどく》の身《み》となり、毎日《まいにち》④嘆《なげ》き悲《かな》しみました。

◆字

① **裏長屋《うらながや》**：小巷中的簡陋房屋。

② **針子《はりこ》**：女縫紉工。

③ **決《き》まる**：①決定。②一定、必定。在此為②的意思。

④ **嘆《なげ》き悲《かな》しむ**：悲傷嘆息。

◆句

○ **物心《ものごころ》が付《つ》く**：懂事。（能夠明辨一般社會是非好壞以及人情之心）

○ **病《やまい》にかかる**：罹患疾病、生病。

○ **医者《いしゃ》に掛《か》かる**：給醫生看病。

06
皿屋敷

當時為永正年間，在江戸隅田川附近的下町（老街），有一位名叫阿菊的小女孩在貧困的巷中長屋出生了。

阿菊的父親在她還是襁褓中的嬰兒時過世了。所以母親為了撫養阿菊，除了當裁縫，也在餐館兼職，從早到晚都拚命工作。

阿菊開始懂事後，對於父親為何這麼早就過世感到很不可思議。

只要向母親詢問理由，母親一定會面帶悲傷地說：「那個人是得了傳染病死掉的。只要一提起這件事，我就會傷心流淚，所以妳別再提了。」母親說完後便躲到廚房裡。所以，阿菊就不再過問起這件事了。

接著，當阿菊十六歲時，母親因為過度操勞而病倒了，但是家裡沒有錢可以看醫生，就這樣撒手人寰了。

而阿菊變成孤家寡人，一個人孤苦伶仃，每天都在唉聲嘆氣。

しかし彼女《かのじょ》は涙《なみだ》を流《なが》す顔《かお》とは①裏腹《うらはら》に、色白《いろじろ》で美《うつく》しい容貌《ようぼう》だった為《ため》、いくつかの②縁組《えんぐみ》の話《はなし》が持《も》ち込《こ》まれてきました。お菊《きく》は相談《そうだん》をする相手《あいて》もおらず、どうしたらいいものかと途《と》方《ほう》に暮《く》れていた時《とき》に、縁組《えんぐみ》とは別《べつ》に働《はたら》き口《ぐち》の話《はなし》を持《も》ってきた者《もの》が居《い》ました。

「この度《たび》のご不幸《ふこう》は、大変残念《たいへんざんねん》なことであり、心《こころ》からお悔《く》やみ申《もう》し上《あ》げます。ところで、あなた様《さま》はご家族《かぞく》を失《うしな》い、これからどのようにして生活《せいかつ》をされていくのでしょうか？もし働《はたら》き口《ぐち》でお困《こま》りでしたら、私《わたし》がお世話《せわ》になっている旗本様《はたもとさま》が女中《じょちゅう》を雇《やと》いたいというお話《はなし》をされていました。旗本様《はたもとさま》なら、生活《せいかつ》は安泰《あんたい》できますし、仕事《しごと》も大変《たいへん》ではありませんし、金銭《きんせん》も多《おお》いです。そこでお金《かね》を貯《た》めて、お母様《かあさま》のお墓《はか》を建《た》ててあげると何《なに》よりの親孝行《おやこうこう》にもなるのではないかと思《おも》うのですが、いかがでしょうか？」

お菊《きく》は親孝行《おやこうこう》という言葉《ことば》に③惹《ひ》かれ、旗本様《はたもとさま》の所《ところ》へ奉公《ほうこう》することに決《き》めました。

しかし、この旗本《はたもと》は泥棒《どろぼう》の④取《と》り締《し》まりを担当《たんとう》しており、大役《たいやく》を⑤担《にな》っていましたが、その一方《いっぽう》で⑥取《と》り調《しら》べも厳《きび》しく、無実《むじつ》の罪《つみ》で殺《ころ》されてしまうこともあり、庶民《しょみん》の間《あいだ》ではとても恐《おそ》れられていました。そんなこともあり、お菊《きく》は最初《さいしょ》はとても⑦戸惑《とまど》っていました。

但儘管她以淚洗面，因為她那白皙的肌膚以及美麗的相貌，有幾件親事找上門。阿菊沒有可以商量的對象，當她不知如何是好、茫然失措時，有人上門來不是要提親事，而是想替她介紹工作。

「這次的不幸，真的令人非常遺憾，在此我衷心地表示哀悼。是說，您現在失去了家人，今後打算如何過日呢？如果您正愁找不到工作，我目前工作的旗本家，說想要雇用女侍。如果為旗本大人工作的話，日子可以過得安穩，工作也不會很辛苦，而且錢又多。所以我想，如果您存夠了錢，替母親蓋座墳的話，也算是盡了最大的孝道了。不知道您覺得如何？」

阿菊被盡孝道這句話打動，決定到旗本大人的宅邸幫傭。

但是，這位旗本負責擔任取締竊盜的重大任務，偵訊也相當嚴厲，甚至造成有人因冤罪被處死，所以深受一般百姓所畏懼。也因為這件事情的影響，阿菊一開始覺得非常猶豫。

◆ **字**

① **裏腹《うらはら》に**：①表裡不一。②正好相反。在此為②的意思。

② **縁組《えんぐみ》**：①結為夫妻。②成為法律上的親子關係。在此為①的意思。

③ **惹《ひ》かれる**：被吸引住。

④ **取《と》り締《し》まり**：①管理、取締。②董事。在此為①的意思。

⑤ **担《にな》う**：①肩上挑東西。②肩負責任。在此為②的意思。

⑥ **取《と》り調《しら》べ**：審訊、審問。

⑦ **戸惑《とまど》う**：困惑、不知所措。

◆ **句**

○ **途方《とほう》に暮《く》れる**：走投無路。

○ **話《はなし》を持《も》ってくる**：帶來這樣的消息。

最初《さいしょ》の数《すう》ヶ月《かげつ》は先輩《せんぱい》の女中達《じょちゅうたち》はお菊《きく》に優《やさ》しく仕事等《しごとなど》を教《おし》えていましたが、お菊《きく》が十七歳《じゅうななさい》になり、さらに美《うつく》しくなり、主《しゅ》膳《ぜん》からはとても気《き》に入《い》られるようになりましたが、その反面《はんめん》、①古参《こさん》の女中達《じょちゅうたち》は面白《おもしろ》くなく、②次第《しだい》にお菊《きく》に対《たい》して嫉妬心《しっとしん》を持《も》ち、③苛《いじ》めに発展《はってん》していきました。

そして、骨《ほね》の折《お》れる仕事《しごと》は全《すべ》てお菊《きく》に④押《お》し付《つ》けるようになっていきました。そんな中《なか》でもお菊《きく》は母《はは》の墓《はか》を建《た》てる為《ため》だと思《おも》い、過酷《かこく》な⑤仕打《しう》ちも耐《た》えて、真面目《まじめ》に働《はたら》いていました。

そして正月《しょうがつ》を迎《むか》え、主膳《しゅぜん》は多《おお》くの来客《らいきゃく》を招《まね》き、その酒席《しゅせき》では、⑥かつての先祖《せんぞ》の徳川家康《とくがわいえやす》から拝領《はいりょう》したそれはそれは高価《こうか》なお皿《さら》を十枚用意《じゅうまいようい》し、満足《まんぞく》⑦げに見《み》せていきました。

しかし、酒席《しゅせき》の後《あと》、そのお皿《さら》を洗《あら》っていたお菊《きく》はお皿《さら》が一枚無《いちまいな》くなっていることに気《き》づきました。

何度《なんど》数《かぞ》えても一枚足《いちまいた》りません。

◆字

① **古参《こさん》**：指老手，經驗豐富。

② **次第《しだい》に**：逐漸（由小轉劇）。

③ **苛《いじ》め**：欺負、凌辱。

④ **押《お》し付《つ》ける**：①壓住、按住。②強制、強加。在此為②的意思。

剛開始的幾個月，前輩女侍們都對阿菊很親切，會教她工作等各種事情，但是當阿菊到了十七歲，出落得更加美麗，讓主膳對她相當中意，但相反的，資深的女侍們卻覺得不是滋味，對阿菊逐漸心生妒意，最後演變成虐待。

於是，費力的工作也開始全推到阿菊一個人身上。即使面對這樣的處境，阿菊只要想到要為母親蓋墳，不論多麼嚴苛的對待也能忍耐，並且認真地工作。

接著到了新年，主膳邀請了許多客人。他在酒席中，準備了十片德川家康賞賜給祖先的昂貴盤子，心滿意足地展示在眾人面前。

但酒席結束之後，負責洗盤子的阿菊發現有一片盤子不見了。即使數了好幾次，還是少了一片。

---

⑤ **仕《し》打《う》ち**：①對待（多指壞的方面）。②舞台的表情動作。③經營戲院或馬戲團的人④處罰。在此為①的意思。

⑥ **かつて**：①以前、過去。②從來沒有，後接否定語。在此為①的意思。

⑦ **～げ**：～的樣子。前加形容詞・形容動詞語幹、動詞連用形、名詞。

◆ **句**

○ **気《き》に入《い》る**：喜愛、喜歡。

○ **骨《ほね》の折《お》れる**：形容需要費很大的力氣。

それを①陰《かげ》から見《み》ていた古参《こさん》の女中達《じょちゅうたち》は、困《こま》って慌《あわ》てているお菊《きく》の姿《すがた》を見《み》て、②ほくそ笑《え》んでいました。古参《こさん》の女中達《じょちゅうたち》はお菊《きく》を困《こま》らせる為《ため》に、なんと一枚割《いちまいわ》って、井戸《いど》に捨《す》てておいたのです。

そんなことも知《し》らず、お菊《きく》は自分《じぶん》が無《な》くしてしまったのだと③思《おも》い込《こ》み、恐《おそ》る恐《おそ》る主膳《しゅぜん》の前《まえ》で土下座《どげざ》をし、お皿《さら》が一枚無《いちまいな》いことを④告《つ》げると、先《さき》ほどまで⑤ご満悦《まんえつ》だった主膳《しゅぜん》の顔《かお》がみるみる鬼《おに》の形相《ぎょうそう》となりました。

躲在暗處目睹了整個過程的資深女侍們，看到阿菊一臉不知所措又慌亂的樣子，皆竊笑不已。原來，資深女侍們為了要整阿菊，竟然打破一片盤子，並且丟進了井裡。

毫不知情的阿菊，一心以為是自己弄丟了。她戰戰兢兢地在主膳面前跪了下來，報告盤子少了一片的事。主膳一聽，原本還春風滿面的他，表情馬上變得有如惡鬼般猙獰。

◆字

① **陰《かげ》**：①背陰、背光處。②看不見的地方、背後、背地。在此為②的意思。

② **ほくそ笑《え》む**：暗自歡喜、竊喜。

③ **思《おも》い込《こ》む**：①深信、完全相信。②沉思。在此為①的意思。

④ **告《つ》げる**：告訴、通知、宣告。

⑤ **ご満悦《まんえつ》**：欣喜、喜悅、滿心歡喜。

「お前《まえ》は、金《かね》に目《め》がくらんで大切《たいせつ》な皿《さら》を盗《ぬす》んだな。」と叫《さけ》びました。

お菊《きく》は弁明《べんめい》しましたが、主膳《しゅぜん》は聞《き》く耳《みみ》を持《も》たず、お菊《きく》の身体《からだ》を縄《なわ》で縛《しば》り、それから何度《なんど》も何度《なんど》も身体中《からだじゅう》、血《ち》①だらけになるまで殴《なぐ》りつけました。

それでも主膳《しゅぜん》は気《き》が収《お》さまらず、二度《にど》と悪事《あくじ》ができないようにとお菊《きく》の右手《みぎて》の中指《なかゆび》を切《き》り落《お》とし、狭《せま》い部屋《へや》の中《なか》に縄《なわ》で縛《しば》って閉《と》じ込《こ》めてしまいました。

主膳《しゅぜん》はお菊《きく》の②素性《すじょう》を調《しら》べようと、部下《ぶか》に身《み》の上《うえ》を調《しら》べさせました。

そうしましたら、かつて自分《じぶん》が強盗《ごうとう》の罪《つみ》で③打《う》ち首《くび》にした男《おとこ》の娘《むすめ》がお菊《きく》であることが分《わ》かりました。

その男《おとこ》は後《あと》になって、無実《むじつ》であることが分《わ》かりましたが、分《ぶ》が悪《わる》いので主膳《しゅぜん》は事実《じじつ》を隠蔽《いんぺい》していました。

もちろんお菊《きく》は父《ちち》のことは全《まった》く知《し》りませんでしたが、主膳《しゅぜん》は父《ちち》の敵《かたき》を討《う》つ為《ため》に、この旗本《はたもと》に近《ちか》づいたのだと④勘《かん》ぐりました。

主膳怒吼：「妳是被錢蒙蔽了雙眼，所以偷了重要的盤子吧！」

阿菊雖然出言為自己辯護，但主膳卻一句也不聽；他用繩子把阿菊的身體綁起來，一次又一次地毆打，打到滿身都是血。

即使如此，主膳還是無法息怒，為了防止阿菊再做壞事，他斬斷阿菊右手的中指，再將她五花大綁，關進狹窄的房間。

主膳為了調查阿菊的來歷，派部下調查她的家世。

調查之後，主膳得知阿菊的父親，正是以前被自己以強盜罪斬首的男人。

雖然後來證實那個男人是清白的，但事實若公諸於世，會對自己不利，所以主膳便隱瞞了這件事。

阿菊對父親的事情當然一無所知，但主膳卻懷疑她是為了替父親報仇才接近旗本家。

◆字

① **～だらけ**：滿是……。前接名詞。

② **素《す》性《じょう》**：①家世、門第。②個人的來歷、身分。③生性、個性。在此為②的意思。

③ **打《う》ち首《くび》**：斬首。

④ **勘《かん》ぐる**：猜測。

◆句

○ **聞《き》く耳《みみ》を持《も》たず**：沒有想要聽的意思。

○ **気《き》が収《おさ》まらない**：形容不滿足，尚未消氣。

○ **分《ぶ》が悪《わる》い**：情勢不利。

○ **敵《かたき》を討《う》つ**：討伐敵人、復仇。

主膳《しゅぜん》はお菊《きく》の父《ちち》の無実《むじつ》を知《し》られてはいけないと思《おも》い、早《はや》めにお菊《きく》を①手打《てう》ちにしてしまおうと古参《こさん》の女中達《じょちゅうたち》に漏《も》らしました。

それを聞《き》いた古参《こさん》の女中達《じょちゅうたち》は嬉《うれ》しそうに、お菊《きく》の所《ところ》へ行《い》き、「お前《まえ》はもうすぐ主膳《しゅぜん》に手打《てう》ちにされるんだよ。」と②わざわざ言《い》いに行《い》きました。お菊《きく》は③さすがに手打《てう》ちにされるのは耐《た》えられないと思《おも》い、覚悟《かくご》を決《き》め、縄《なわ》を④食《く》いちぎり、夜遅《よるおそ》くに井戸《いど》に身《み》を投《な》げました。

貧乏《びんぼう》で身寄《みよ》りの無《な》いお菊《きく》の死《し》は特《とく》に世間《せけん》で噂《うわさ》になることもなく、旗《はた》本《もと》でも話題《わだい》にもならなくなり、次第《しだい》にお菊《きく》の存在自体《そんざいじたい》忘《わす》れ去《さ》られていきました。

それから数年後《すうねんご》、主膳《しゅぜん》の奥方《おくがた》に赤子《あかご》が生《う》まれましたが、その赤子《あかご》は⑤生《う》まれつき右手《みぎて》の中指《なかゆび》がありませんでした。これはお菊《きく》の⑥祟《たた》りではと周《まわ》りの者《もの》は⑦青《あお》ざめました。またこの赤子《あかご》は、とても病弱《びょうじゃく》で、大層《たいそう》お金《かね》がかかりました。

◆字

① **手《て》打《う》ち**：①親手做的、手工的。②糾紛和解或交易成功時大家一起鼓掌。③拍手打拍子。④古時主人親手處死武士或屬下。在此為④的意思。

② **わざわざ**：特意地、故意地。

③ **さすがに**：①再怎麼説、就連。②不愧、畢竟。③確實是太……。在此為①的意思。

④ **食《く》いちぎり**：咬斷、咬掉。

⑤ **生《う》まれつき**：天生、先天。

⑥ **祟《たた》り**：①作祟、詛咒。②報應、惡果。在此為①的意思。

⑦ **青《あお》ざめる**：臉色變成青色（蒼白），表示驚嚇不已的意思。

主膳心想，不能讓阿菊的父親是被冤枉的事曝光，於是向資深女侍們透露有趁早收拾阿菊的打算。

而資深女侍們聽了這件事，便開心地跑去阿菊那裡，就是特地為了告訴她：「妳很快就要被主膳處死了。」阿菊心想自己怎麼樣也無法熬過被處死的折磨，所以她下定決心，咬斷了繩子，在深夜投井了。

貧苦無依的阿菊死了，她的死並未在世間引起軒然大波，甚至也沒有在旗本家之間造成話題；漸漸地，連阿菊的存在本身也遭到遺忘了。

之後過了好幾年，主膳的夫人生了一個小嬰兒，但是小嬰兒一出生就少了右手的中指。周圍的人嚇得臉色發青，認為是阿菊的詛咒。而且小嬰兒非常體弱多病，照顧起來非常花錢。

そして数日《すうじつ》経《た》ったある夜《よる》、主膳《しゅぜん》が寝床《ねどこ》につこうとしていた時《とき》、井戸《いど》の方《ほう》から、「一枚《いちまい》、二枚《にまい》、三枚《さんまい》、四枚《よんまい》、五枚《ごまい》、六枚《ろくまい》、七枚《ななまい》、八枚《はちまい》、九枚《きゅうまい》、ひいいい……。」という①悲鳴《ひめい》が聞《き》こえてきました。

そしてまた、「一枚《いちまい》、二枚《にまい》……。」と数《かぞ》える声《こえ》が続《つづ》きました。

その声《こえ》はそれからというもの、毎晩毎晩《まいばんまいばん》井戸《いど》から聞《き》こえてくるようになりました。

主膳《しゅぜん》は毎晩《まいばん》寝《ね》ることができず、次第《しだい》に気《き》が狂《くる》っていきました。

そしてある晩《ばん》、また例《れい》②のごとく数《かぞ》える声《こえ》が聞《き》こえてきたので、これはお菊《きく》の祟《たた》りだと思《おも》い、「お菊《きく》め！」と、井戸《いど》の方《ほう》に向《む》かって刀《かたな》を振《ふ》り下《お》ろしましたが、なんとそこには奥方《おくがた》の死体《したい》が転《ころ》がっていました。

奥方《おくがた》は、主膳《しゅぜん》が毎晩眠《まいばんねむ》れず、心配《しんぱい》になり、主膳《しゅぜん》の様子《ようす》をちょうど見《み》に行《い》ったところ、主膳《しゅぜん》は誤《あやま》って奥方《おくがた》を切《き》り殺《ころ》してしまったのです。

然後幾天後的某個晚上，當主膳正要上床就寢時，聽到從井邊傳來悲鳴聲：「一片、兩片、三片、四片、五片、六片、七片、八片、九片，嗚嗚嗚……。」

接著又重頭數起：「一片、兩片……。」一再反覆。

自此之後，每天夜晚都會從井邊聽到那個聲音。

主膳每天晚上都無法入睡，精神漸漸開始發狂。

到了某天晚上，一如往常又開始聽見數數兒的聲音，所以認定這是阿菊在作祟的主膳叫著：「阿菊你這傢伙！」接著便往井邊走去，揮刀一砍，沒想到橫躺在那裡的卻是夫人的屍體。

夫人知道主膳每天晚上都睡不著，感到非常掛心，所以剛好走來看看主膳的情況，但主膳卻誤殺了夫人。

◆ **字**

① **悲鳴**《ひめい》：①悲傷的聲音。②（受到驚嚇或恐懼時）突然尖叫。③（感到束手無策時）説氣餒的話。在此為①的意思。

② **～のごとく**：如同、像是。

◆ **句**

○ **寝床**《ねどこ》**に着**《つ》**く**：上床就寢。

○ **気**《き》**が狂**《くる》**う**：發瘋了、精神錯亂。

驚《おどろ》いた主膳《しゅぜん》は、奥方《おくがた》の死体《したい》を井戸《いど》に捨《す》てようとしましたが、赤子《あかご》が目《め》を覚《さ》まし、大声《おおごえ》で泣《な》いたので、女中達《じょちゅうたち》が起《お》きてきてしまいました。主膳《しゅぜん》が奥方《おくがた》を切《き》り殺《ころ》してしまったことは、誰《だれ》が見《み》ても明《あき》らかでした。

そして主膳《しゅぜん》が奥方《おくがた》を殺《ころ》したという噂《うわさ》が①瞬《また》く間《ま》に広《ひろ》がり、その噂《うわさ》は徳川家《とくがわけ》の耳《みみ》にも入《はい》り、主膳《しゅぜん》のことを一切合財《いっさいがっさい》取《と》り調《しら》べ、過去《かこ》に無罪《むざい》の者《もの》まで処刑《しょけい》していたことまで知《し》られてしまいました。

主膳《しゅぜん》は市中引《しちゅうひ》き回《まわ》しの上《うえ》、打《う》ち首獄門《くびごくもん》の刑《けい》に処《しょ》されることになりました。

赤子《あかご》は、それ以降《いこう》、身寄《みよ》りが居《い》なくなりましたので、徳川家《とくがわけ》の②計《はか》らいで、別《べつ》の旗本《はたもと》の家《いえ》で育《そだ》てられることになり、人《ひと》が変《か》わったかのように元《げん》気《き》に育《そだ》っていきました。

◆字

① 瞬《また》く間《ま》：瞬間，很快的時間。

② 計《はか》らい：判斷、處置。

大吃一驚的主膳，打算把夫人的屍體丟進井裡，但這時嬰兒醒來，放聲啼哭，所以女侍們都起床趕來了。

不論誰看了，都很清楚是主膳殺了夫人。

於是，主膳殺了夫人的流言馬上就傳開了，而流言也傳到德川家的耳中，德川家就著手調查主膳的所做所為，就連他過去曾處死無罪之人的事實也被揭發了。

主膳除了被遊街示眾，最後更被處以斬首示眾之刑。

小嬰兒從此變得孤苦無依，因此在德川家的安排下，決定由另一個旗本家養育長大，而且他也像是變了一個人似地，健健康康地長大了。

皿屋敷《さらやしき》

皿屋敷其實是愛情故事？

《皿屋敷》隨著地區不同，衍生出近五十種版本。其中位於日本滋賀縣的「長久寺」，相傳供奉著阿菊的墳墓，並且還藏有阿菊打破的盤子，難道《皿屋敷》是真人真事嗎？

據寺方的說法，在孕石家當侍女的阿菊和嫡長子政之進為相愛的情侶，但在父母安排下政之進早有未婚妻。阿菊想一探在政之進的心中，究竟是孕石家重要？還是自己重要？於是故意將其家寶——十片一組的盤子，打破其中一片。政之進原以為阿菊是不小心的，便原諒了她。但得知阿菊只是想測試自己後，一怒之下打破了剩下的盤子，知錯的阿菊請求賜死，而政之進許下終身不娶的誓言後便殺了阿菊，最後皈依佛門。

而這樣的情節與其說是怪談，反而比較像戀愛故事，起源若真是如此，那為何會被流傳成怪談呢？

演變爲怪談的原因

當時的武士有執行「切《き》り捨《す》て御免《ごめん》」的特權，若覺得町人、百姓對自己做出「無禮」行為時，就算將其砍殺也不會有任何罪刑。在這不合理的特權下，許多百姓都成了刀下的冤魂。久而久之，就開始流傳了我們熟知的《皿屋敷》，想藉此怪談來警惕武士若濫殺無辜，就會被冤魂詛咒。由此時代背景來看，也不難理解為何《皿屋敷》有這麼多種的版本。

みちびき地蔵《じぞう》

07 みちびき地蔵《じぞう》

昔《むかし》、宮城県気仙沼市大島《みやぎけんけせんぬましおおしま》という所《ところ》で、浜吉《はまきち》という①幼《おさな》い息子《むすこ》とその母親《ははおや》が、②漁《りょう》を終《お》えて③家路《いえじ》を急《いそ》いでいました。浜吉《はまきち》は漁《りょう》で疲《つか》れたのか、もう眠《ねむ》くて眠《ねむ》くて仕方《しかた》がありませんでした。

明日《あした》は④端午《たんご》の節句《せっく》だと言《い》うのに、⑤人手《ひとで》の足《た》りないこの島《しま》では人《ひと》の家《いえ》の⑥田植《たう》えを手伝《てつだ》いに行《い》ったり、また手伝《てつだ》いに来《き》て貰《もら》ったりしなければなりませんでした。

この日《ひ》も、浜吉《はまきち》⑦親子《おやこ》は朝早《あさはや》くから外浜《そとはま》まで手伝《てつだ》いに行《い》って、今《いま》はその帰《かえ》りでした。

二人《ふたり》とも疲《つか》れて、⑧とぼとぼ歩《ある》いているところ、岩《いわ》の上《うえ》にお地蔵様《じぞうさま》が⑨見《み》えてきました。

母親《ははおや》は、お地蔵様《じぞうさま》の⑩辺《あた》りから人《ひと》の⑪気配《けはい》を感《かん》じました。

そのお地蔵様《じぞうさま》はみちびき地蔵《じぞう》と呼《よ》ばれ、明日亡《あしたな》くなるという人《ひと》が、上手《うま》く⑫天国《てんごく》に⑬導《みちび》いて貰《もら》う為《ため》、ここに⑭挨拶《あいさつ》に来《く》ると言《い》われていました。

◆字

① **幼《おさな》い**：①年幼、幼小。②幼稚、不成熟。在此為①的意思。

② **漁《りょう》**：打魚、捕魚。

③ **家路《いえじ》**：回家的路上、歸途。

④ **端午《たんご》の節句《せっく》**：端午節。

⑤ **人手《ひとで》**：①人工的。②工作的人手。③他人之力。④他人的手中。在此為②的意思。

⑥ **田植《たう》え**：插秧。

⑦ **親子《おやこ》**：父子、母子，或父母子女。在此為母子之意。

⑧ **とぼとぼ**：無精打采地、有氣無力地。

⑨ **見《み》えてくる**：看見、看到。

⑩ **辺《あた》り**：附近、周圍。

08 接引地藏菩薩

很久以前，在宮城縣氣仙沼市的大島，有一個名叫浜吉的小孩子和母親，他們捕完魚，正急忙趕路回家。不知道是不是捕魚的關係浜吉很累，他感到非常地睏。

雖説明天就是端午節了，但是在這個人力不足的島上，大家都得去別人家幫忙種田，或者請別人來幫忙。

這天，浜吉母子也是從早就去外浜幫忙，現在正在回家的路上。

兩個人都很疲倦，正當他們無精打采地走在路上時，看到地藏菩薩現身在岩石之上。

接著，母親感覺到地藏菩薩的周圍好像有人。那位地藏菩薩人們稱之為接引地藏菩薩，據説即將在明天過世的人，為了能夠順利地被帶領至天國，會到這裡來打聲招呼。

---

⑪ **気配《けはい》**：①跡象。②（交易）行情。在此①為的意思。

⑫ **天国《てんごく》**：①天國、天堂。②比喻為樂園。在此①為的意思。

⑬ **導《みちび》く**：①帶路。②指引、引導、指導。③導致。在此為①的意思。

⑭ **挨拶《あいさつ》**：①問候、致意。②致詞、講話。③回答、答禮。在此為①的意思。

それを思《おも》い出《だ》した母親《ははおや》が、お地蔵様《じぞうさま》の方《ほう》を見《み》てみると、村《むら》のお婆《ばあ》さんがお地蔵様《じぞうさま》を①拝《おが》み、そして②ふわふわと③浮《う》かび上《あ》がりながら、空《そら》へ消《き》えていく姿《すがた》が見《み》えました。

そして、次《つぎ》は若《わか》い男《おとこ》の姿《すがた》も見《み》えました。男《おとこ》はやがてお地蔵様《じぞうさま》を拝《おが》み、またふわふわと浮《う》かび上《あ》がり、空《そら》へ消《き》えていきました。

それを見《み》た母親《ははおや》は、「まだ若《わか》いのに……、一体《いったい》どうして死《し》ななければいけなかったんだべか……。」と可哀想《かわいそう》に思《おも》いました。そう思《おも》っていると、また④すぐ後《うし》ろに赤子《あかご》を抱《だ》いた若《わか》い母親《ははおや》の姿《すがた》も見《み》えました。そして、お地蔵様《じぞうさま》を拝《おが》み、また空《そら》へと消《き》えていきました。

想到這件事的母親，朝著地藏菩藏看了一下，卻看到村子裡的婆婆，雙手合十向地藏菩薩拜了拜以後，就輕飄飄地飛起來，消失在空中了。

接著看到一位年輕男子，隨後也拜了地藏菩薩，然後身體同樣輕飄飄地浮起來，往天上消失了。

看到此景的母親，心裡感到很不捨：「明明還那麼年輕……為什麼非死不可呢……。」母親才這麼一想，接著馬上又看到一個抱著小嬰兒的年輕母親。她拜了地藏菩薩後，也消失在空中了。

字

① **拝《おが》む**：①拜、叩拜的意思。②見《み》る的謙讓語，表示看。③拜託、懇求。在此為①的意思。

② **ふわふわと**：①輕飄飄地。②心煩、浮躁的樣子。③柔軟蓬鬆。在此為①的意思。

③ **浮《う》かび上《あ》がる**：浮出、飄起來。

④ **すぐ後《うし》ろ**：①接著馬上……。②後面（很靠近的距離）。在此為①的意思。

句

○ **～てみる**：試著。

○ **消《き》えていく**：漸漸消失。

「母親《ははおや》は、①お産《さん》にでも失敗《しっぱい》してしまって、それで二人《ふたり》とも死《し》んでしまったんだべか……。」と②不憫《ふびん》に思《おも》いながら見《み》ていました。

すると、またすぐにお地蔵様《じぞうさま》の前《まえ》で拝《おが》む人《ひと》の姿《すがた》が見《み》え、そしてその後《うし》ろには、大勢《おおぜい》の子供《こども》から大人《おとな》の人達《ひとたち》の行列《ぎょうれつ》が並《なら》んでいるのが見《み》えました。

人《ひと》だけではありません。

よく見《み》ると、馬《うま》も一緒《いっしょ》に並《なら》んでいました。

そして、次《つぎ》から次《つぎ》へと、お地蔵様《じぞうさま》を拝《おが》み、そして空《そら》へと浮《う》かび上《あ》がり、消《き》えていきました。

「一体《いったい》、どうしてこんなに大勢《おおぜい》の人《ひと》が……。」と母親《ははおや》は暫《しばら》く見《み》ていました。

浜吉《はまきち》も眠気《ねむけ》が覚《さ》め、「③おっかあ、一体《いったい》あの人達《ひとたち》はなんだべ？」

◆字

① お産《さん》：分娩、生產。

② 不憫《ふびん》：可憐、可惜。

③ おっかあ：おかか（御母）的變形。表示母親的意思。

◆句

○ 行列《ぎょうれつ》が並《なら》ぶ：排著隊伍。

○ 次《つぎ》から次《つぎ》へと：一個緊接著一個。

○ 眠気《ねむけ》が覚《さ》める：睡意全無、睡意消失。

一邊看著這個場景的同時，她覺得很可憐心想：「大概是母親難產，所以兩人的性命都保不住了吧……。」

緊接著，又看到在地藏菩薩前朝拜的人，而且在那之後，竟然還有許多的小朋友和大人們在後頭排成一列。

隊伍中，不只有人類。

仔細一看，馬也一起排在隊伍之中。

接著，大家都一個接一個地朝拜地藏菩薩，隨後就飄上天空消失了。

母親看了好一會兒，心想著：「到底發生什麼事了，為什麼有這麼多人……？」

浜吉也從睏意中清醒，問母親：「媽，那些人到底是誰啊？」

「何《なん》でもねえ、何《なん》でもねえ、さあ行《い》くよ。」と母親《ははおや》は浜吉《はまきち》を心配《しんぱい》させないように、手《て》を強《つよ》く握《にぎ》り、そして家路《いえじ》を急《いそ》ぎました。

そして家《いえ》に帰《かえ》ると、早速《さっそく》父親《ちちおや》にそのことを話《はな》しました。

「そんな馬鹿《ばか》な話《はなし》あるか、どうせ狐《きつね》にでも①化《ば》かされたんだべ。」と父親《ちちおや》は大笑《おおわら》いをして信《しん》じませんでした。

ところが、次《つぎ》の日《ひ》のことです。

ちょうどその日《ひ》は端午《たんご》の節句《せっく》の日《ひ》で、一年《いちねん》で一《いち》番海《ばんうみ》の潮《しお》が引《ひ》く②大潮《おおしお》の日《ひ》でしたので、大勢《おおぜい》の人《ひと》達《たち》が③浜辺《はまべ》で④賑《にぎ》わっていました。

浜辺《はまべ》で海草《かいそう》を取《と》ったり、子供達《こどもたち》は海《うみ》に入《はい》ったりして遊《あそ》んでいました。浜吉《はまきち》も海《うみ》に行《い》きたいと言《い》うので、家族《かぞく》で浜《はま》に行《い》きました。

「沒什麼啦，沒什麼啦。我們走吧。」母親為了不要讓浜吉感到不安，緊握著他的手，然後趕路回家。

回家之後，母親趕緊把這件事告訴父親。

「怎麼可能有如此誇張的事情呢，我看妳八成是被狐仙們耍了吧。」父親語畢大笑，完全不把母親的話當一回事。

然而，到了隔天。

剛好那天是端午節，是一年之中潮差最明顯的大潮之日，所以海邊聚集了很多人，非常熱鬧。

有些人在海邊採海草，而孩子們則跑到海裡戲水。浜吉也說想去海邊玩，於是全家一起去了海灘。

◆ **字**

① **化《ば》かす**：使人迷惑。

② **大潮《おおしお》**：潮差最大的日子，約發生於滿月後一兩天。

③ **浜辺《はまべ》**：海邊，湖邊。

④ **賑《にぎ》わう**：①熱鬧、人潮多。②興旺、繁榮。在此為①的意思。

◆ **句**

○ **心配《しんぱい》させる**：使之擔心、擔憂。

○ **潮《しお》が引《ひ》く**：落潮、退潮。

ただ、母親《ははおや》は昨夜《さくや》のことがあって、あまり気《き》が進《すす》みませんでした。その日《ひ》は何十年《なんじゅうねん》ぶりに大《おお》きく潮《しお》が引《ひ》けた①お陰《かげ》で、とても多《おお》くの海草《かいそう》が取《と》れました。

と、その時《とき》でした。

誰《だれ》かが大声《おおごえ》で、「②津波《つなみ》だ！」と叫《さけ》びました。海《うみ》の方《ほう》を見《み》ると、それはそれは大《おお》きな津波《つなみ》がこちらに③襲《おそ》いかかってくるのが見《み》えました。

但是，母親因為昨天晚上看到的事，沒有很高的興致。那天是距離幾十年以來，海水退去最多的一天，多虧於此，大家採到了大量的海草。

然而，就在這個時候。

不知哪個人大聲喊道：「海嘯來了！」往海邊一看，只見巨大的海嘯正往這裡襲來。

◆字

① **お陰《かげ》で**：多虧了……的幫忙。

② **津波《つなみ》**：海嘯。

③ **襲《おそ》いかかる**：（突然）襲來，撲來。

◆句

○ **気《き》が進《すす》む**：願意、樂意。

みんな津波《つなみ》に気《き》づき、①慌《あわ》てふためいて逃《に》げようとしました。

「浜吉《はまきち》、浜吉《はまきち》！」と、母親《ははおや》は必死《ひっし》になって浜吉《はまきち》を呼《よ》び、「おっかあ、おっかあ！」と浜吉《はまきち》も泣《な》いて叫《さけ》びました。

すると山《やま》のように高《たか》い津波《つなみ》があっという間《ま》に浜《はま》に押《お》し寄《よ》せてきました。

浜吉一家《はまきちいっか》は大急《おおいそ》ぎで②小高《こだか》い丘《おか》へ③駆《か》け上《あ》がって逃《に》げました。そして、海《うみ》の方《ほう》を見《み》て、恐怖《きょうふ》の余《あま》り暫《しばら》く身動《みうご》きできませんでした。

大波《おおなみ》は浜辺《はまべ》④のみならず、村《むら》をも⑤飲《の》み込《こ》み、さらに浜吉一家《はまきちいっか》の逃《に》げて来《き》た丘《おか》まで押《お》し寄《よ》せてきましたが、その丘《おか》の前《まえ》で波《なみ》は⑥砕《くだ》け散《ち》り、難《なん》を逃《のが》れました。「昨日《きのう》見《み》た光景《こうけい》は、本当《ほんとう》だったんだ……。」と母親《ははおや》は、村《むら》や人《ひと》が津波《つなみ》で流《なが》されていく様子《ようす》を見《み》ながら、小《ちい》さく⑦つぶやきました。

大家都發現海嘯要來了，驚慌失色地準備逃命。

「浜吉、浜吉！」母親拚了命大喊浜吉的名字，浜吉也哭喊著：

「媽、媽！」

接著，和山一樣高的海嘯，轉眼之間便衝進了海灘。

浜吉一家急急忙忙地爬上地勢微高的山丘逃命去了。往海邊一望，卻因為太過害怕，使得身體暫時無法動彈。

不只是海灘，連村子也被巨大的海浪吞噬；海浪雖然繼續逼向浜吉一家所在的山丘，但在山丘前就化為片片碎浪，讓他們倖免於難。

「我昨天看到的景象，原來是真的啊……。」母親看著村子和人群被海嘯沖散的樣子，一邊小聲地喃喃自語。

◆字

① **慌《あわ》てふためく**：對突如其來的事，感到驚慌失措、手忙腳亂。

② **小高《こだか》い**：微微高起的。

③ **駆《か》け上《あ》がる**：往上跑去。

④ **のみならず**：不只、不僅。

⑤ **飲《の》み込《こ》む**：①吞下、吞噬。②領會、了解。在此為①的意思。

⑥ **砕《くだ》け散《ち》る**：破碎散落。

⑦ **つぶやく**：嘴裡嘀嘀咕咕、碎碎念。

①逃《に》げ遅《おく》れた多《おお》くの人《ひと》は亡《な》くなりました。

当時《とうじ》の村《むら》の②書付《かきつけ》には、六十一人《ろくじゅういちにん》の人《ひと》が亡《な》くなり、六頭《ろくとう》の馬《うま》が波《なみ》に呑《の》まれたと、記録《きろく》されています。

それからというもの、このみちびき地蔵《じぞう》は死者《ししゃ》を導《みちび》く③ありがたいお地蔵様《じぞうさま》として、④線香《せんこう》や⑤献花《けんか》が絶《た》えないそうです。

很多來不及逃命的人都喪生了。

根據當時的文獻記載，罹難者共有六十一名，另外還有六匹馬也被海浪捲走了。

此後，這尊接引地藏菩薩，被奉為引導死者的助人地藏菩薩，前往燒香和供花的信眾也變得絡繹不絕。

◆字

① **逃《に》げ遅《おく》れる**：來不及逃跑。

② **書付《かきつけ》**：①紀錄、文件。②證書、單據、帳單。在此為①的意思。

③ **ありがたい**：①值得感謝的。②寶貴的、難得的。在此為①的意思。

④ **線香《せんこう》**：祭拜用的線香。

⑤ **献花《けんか》**：祭拜用的花束。

みちびき地蔵《じぞう》

接引地藏菩薩的發源地

故事中的接引地藏菩薩，是真實存在於日本宮城縣氣仙沼市大島。據歷史資料顯示，接引地藏菩薩從一七七〇年開始被當地民眾祭祀，為三尊木造的神像，傳說接引地藏菩薩會帶領往生者的靈魂至極樂淨土，因此接引地藏菩薩的信仰深植於大島居民的心中。

但在三一一東日本大地震時，奉祀接引地藏菩薩的地藏堂遭到海嘯襲擊不幸全毀，其中三尊接引地藏菩薩、六尊石佛也被海嘯沖走，令當地居民十分痛心。震災一年後，由當地居民以及各地的幫助下，重新打造了三尊木造的接引地藏菩薩、六尊石佛，並且重建地藏堂。此時，接引地藏菩薩在當地居民的心中，除了是信仰的寄託之外，更成為了災後重建的象徵，帶給當地受災戶們重新出發的勇氣，同時也讓後人記取海嘯的教訓。

令人欣慰的是，於二〇一四年在地藏堂附近的瓦礫堆中，發現了三尊石佛。這三尊歷史悠久的石佛，目前奉祀在重建的地藏堂旁的櫸樹下，相信接引地藏菩薩以及石佛，今後也會不斷守護當地的居民，接引往生者的靈魂前往安樂的淨土。

地藏菩薩的相關諺語・慣用語

言《い》うなり地藏《じぞう》

用來形容人沒有主見，只會唯命是從。

石地藏《いしじぞう》に蜂《はち》

以石頭雕刻而成的地藏像，就算被蜜蜂叮到也不痛不養。用來比喻對他人的批評或是攻擊不屑一顧、不痛不癢。

内弁慶《うちべんけい》に外地藏《そとじぞう》

比喻在家很強勢，在外頭卻很親切。（弁慶：為平安時期的僧兵，追隨義經一同討伐平家，為義經打了不少的勝仗。其威武的表現被後世用來形容個性陽剛、具有威勢的人。）

借《か》りる時《とき》の地藏顔《じぞうがお》、返《かえ》す時《とき》の閻魔顔《えんまがお》

形容向他人借錢時，都像地藏菩薩一樣和顔悦色，但當要他還錢時卻擺出像閻王一般地臭臉。

地藏《じぞう》の顔《かお》も三度《さんど》

要是一再犯錯，即使是慈悲的地藏菩薩也會生氣的。比喻人的忍耐有限度。

地藏《じぞう》は言《い》わぬが我《われ》言《い》うな

地藏菩薩不會開口説話，所以即使對祂説秘密也不會被洩漏出去，若秘密被流傳開來的話肯定是自己不小心説溜嘴造成的。告誡人們説話要謹慎。

子《こ》育《そだ》て幽霊《ゆうれい》

09 子育《こそだ》て幽霊《ゆうれい》

昔々《むかしむかし》ある村《むら》に一軒《いっけん》の飴屋《あめや》がありました。

ある夏《なつ》の夜《よる》のことです。

そろそろ夜《よる》も遅《おそ》くなってきたので、お店《みせ》を閉《し》めようと思《おも》っていたところ、トントン、トントンと戸《と》を①叩《たた》く音《おと》がしました。「②はて、こんな遅《おそ》い時間《じかん》に誰《だれ》だろう。」と、飴屋《あめや》の③主人《しゅじん》が戸《と》を開《あ》けてみますと、そこに美《うつく》しい女《おんな》の人《ひと》が立《た》っていました。

「すみませんが、飴《あめ》を一《ひと》つ売《う》って④くださいませ。」

主人《しゅじん》が「⑤へい、一文頂《いちもんいただ》きます。」と答《こた》えると、女《おんな》の人《ひと》は⑥小銭《こぜに》を一《いち》枚渡《まいわた》し、飴《あめ》を一《ひと》つ受《う》け取《と》りました。そして消《き》えるように行《い》ってしまいました。

次《つぎ》の日《ひ》の晩《ばん》も、飴屋《あめや》が戸《と》を閉《し》めようとしていたところ、「あの、飴《あめ》を下《くだ》さい。」と女《おんな》の人《ひと》の声《こえ》が聞《き》こえてきました。

戸《と》を開《あ》けてみると、昨日《きのう》と同《おな》じ女《おんな》の人《ひと》でした。

◆字

① **叩《たた》く**：①敲、打。②詢問、請教。③攻擊、駁斥。在此為①的意思。

② **はて**：（感動詞）表示疑惑、迷惑的語氣。

③ **主人《しゅじん》**：①一家之主。②老闆。③謙稱自己的丈夫；若前面加了ご，則是尊稱對方的丈夫。在此為②的意思。

④ **くださいませ**：「くださいます」的敬語表現。表示請～。

⑤ **へい**：表示「是的」、「知道了」的意思。

⑥ **小銭《こぜに》**：零錢。

◆句

○ **～たところ**：才剛……的時候。

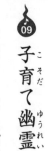

10 育子幽靈

在很久很久以前，村子裡有一間糖果店。

而事情是發生在某個夏夜。

因為夜色漸深，糖果店正打算關店打烊時，從外面卻傳來咚咚的敲門聲。「哎呀，這麼晚了是誰啊？」糖果店的老闆開門一看，外面站著一位美麗的女子。

「不好意思，請賣我一顆糖果。」

老闆回答：「好的，請給我一文錢。」於是，女子遞出一枚零錢，收下了一顆糖果。接著，女子宛如憑空消失般地離開了。

隔天晚上，當糖果店正打算關門時，老闆聽到女人的聲音：「請給我糖果。」

老闆開門一看，是昨天同一位女子。

①顔色《かおいろ》は昨日《きのう》よりも悪《わる》くなっていました。主人《しゅじん》が小銭《こぜに》を一枚貰《いちまいもら》い、飴《あめ》を渡《わた》すと、②すっと消《き》えるようにして帰《かえ》っていきました。

それから次《つぎ》の日《ひ》も、また夜遅《よるおそ》くに飴屋《あめや》に来《き》ました。

「あの、飴《あめ》を下《くだ》さい。」とまたお店《みせ》を閉《し》める時《とき》に来《き》たので、主人《しゅじん》は、

「すみませんが、夜《よる》ではなくて昼間《ひるま》に来《き》てくれませんか。」と言《い》いました。「申《もう》し訳《わけ》ありません。どうかこの小銭《こぜに》で飴《あめ》を一《ひと》つ売《う》って下《くだ》さいませんか。」と、女《おんな》の人《ひと》は③弱々《よわよわ》しい声《こえ》で必死《ひっし》に頼《たの》みました。主人《しゅじん》は仕方《しかた》なく、飴《あめ》を一《ひと》つ売《う》りました。

そして四日目《よっかめ》の夜《よる》も、また来《き》ました。顔色《かおいろ》はさらに悪《わる》くなっていました。「あなたどこに住《す》んでいるのですか。この④辺《へん》では⑤見《み》かけない顔《かお》ですね。」と女《おんな》の人《ひと》に聞《き》くと、女《おんな》の人《ひと》は「二《に》、三日前《さんにちまえ》に来《き》たばかりです。」と、弱々《よわよわ》しい声《こえ》で答《こた》えました。

五日目《いつかめ》も六日目《むいかめ》も、女《おんな》の人《ひと》はやって来《き》ました。顔色《かおいろ》は⑥日《ひ》に日《ひ》に悪《わる》くなるばかりでした。

字

① **顔色《かおいろ》**：①氣色、臉色。②神色、神情。在此為①的意思。

② **すっと**：①迅速地、瞬間地。②形容伸直的模樣。③形容心情舒爽。在此為①的意思。

③ **弱々《よわよわ》しい**：虛弱無力的樣子。微弱的。

④ **辺《へん》**：附近、周邊、周圍。

⑤ **見《み》かける**：見過、看過。

⑥ **日《ひ》に日《ひ》に**：一天一天、一天比一天、逐日地。

對方的氣色變得比昨天更差。接著，老闆收了一枚零錢，把糖果交給她後，女子如隱形般地回去了。

到了隔天，女子又在深夜時分來到糖果店。

「請給我糖果。」因為她又是在要關店的時候才來，於是老闆對她說：「很抱歉，可以請妳白天來，而不是晚上來嗎？」女子用虛弱的聲音拚命拜託：「真的非常抱歉。可以請您收下這枚零錢賣我一顆糖果嗎？」老闆無計可施，賣了一顆糖果給她。

到了第四天的晚上，女子又來了。她的氣色又變得更差了。「妳住在哪裡呢？我在這附近從來沒看過妳。」老闆詢問了女子後，女子用虛弱的聲音回應：「兩三天前才剛來。」

第五天和第六天，女子也都來了。而她的氣色變得一天比一天差。

◆句

○悪《わる》くなる：變差的意思。

○～たばかり：剛剛、才……沒多久。

○～なるばかり：變成……的趨勢、傾向。在此為臉色變得愈來愈差。

そして七日目《なのかめ》のことです。

「すみません。今日《きょう》も飴《あめ》を一《ひと》つ下《くだ》さいませ。ですが、もうお金《かね》がありません。でも、どうしても飴《あめ》が必要《ひつよう》なのです。」と小声《こごえ》で泣《な》きながら言《い》いました。

「お金《かね》が無《な》いなら飴《あめ》を渡《わた》すわけにはいきません。」と主人《しゅじん》は、毎晩毎晩《まいばんまいばん》遅《おそ》い時間《じかん》に来《く》る女《おんな》の人《ひと》に①苛立《いらだ》っており、お金《かね》が無《な》いなら飴《あめ》を渡《わた》すわけにはいかないと、きつい言葉《ことば》を言《い》い、追《お》い返《かえ》そうとしました。すると、女《おんな》の人《ひと》は着物《きもの》の袖《そで》を②引《ひ》きちぎって渡《わた》しました。「これで、どうにか飴《あめ》を一《ひと》つ頂《いただ》けないでしょうか。」主人《しゅじん》は驚《おどろ》いて③渋々《しぶしぶ》飴《あめ》を渡《わた》しました。

「どうもありがとうございます。」女《おんな》の人《ひと》は消《き》えるように帰《かえ》っていこうとしましたが、主人《しゅじん》は女《おんな》の人《ひと》がどこに行《い》くのか④確《たし》かめたくなり、着物《きもの》の袖《そで》を⑤持《も》ったまま、⑥こっそり後《あと》を追《お》いかけることにしました。

然後到了第七天。

「對不起，今天也請您給我一顆糖。只是，我已經沒有錢了。但我無論如何都需要一顆糖。」女子小小聲地邊哭邊説。

「沒有錢的話，我就不能把糖給妳。」老闆對這個每天晚上很晚才來的女子感到很不耐煩，因此對她説了些很刻薄的話，告訴她如果沒錢，就不能給她糖，並打算把她趕走。於是，女子把和服的袖子扯了下來，遞給老闆。「我可以用這個換一顆糖嗎？」老闆嚇了一跳，很不情願地把糖給她了。

「非常謝謝您。」女子説完便打算遁身離去，但是老闆想確認女子的行蹤，手裡還拿著和服的袖子，就決定偷偷跟在後頭。

◆ 字

① **苛立《いらだ》つ**：著急、焦慮。

② **引《ひ》きちぎる**：撕掉、扯掉。

③ **渋々《しぶしぶ》**：勉勉強強地、不得已。

④ **確《たし》かめる**：確認、查明。

⑤ **持《も》ったまま**：就這樣拿著。原封不動地拿著。

⑥ **こっそり**：悄悄地、偷偷地。

◆ 句

○ **帰《かえ》っていこうとする**：準備要回去、回家。

○ **後《あと》を追《お》いかける**：追在後頭。

女《おんな》の人《ひと》は、すうっと歩《ある》くようにして、山《やま》の方《ほう》に進《すす》んでいきました。

そして、①山寺《やまでら》の②石段《いしだん》の所《ところ》まで来《く》ると、ゆっくりと石段《いしだん》を上《あ》がっていき、お寺《てら》の門《もん》を③通《とお》り抜《ぬ》け、お寺《てら》の脇《わき》を歩《ある》き、そしてお墓《はか》の所《ところ》まで来《き》ました。

すると、女《おんな》の人《ひと》は新《あたら》しく建《た》てられたお墓《はか》の前《まえ》で、すうっと消《き》えていきました。主人《しゅじん》は驚《おどろ》いて、幽霊《ゆうれい》だったのかと思《おも》い、④がくがく震《ふる》えました。

それから、どこからともなく赤《あか》ん坊《ぼう》の泣《な》き声《ごえ》が聞《き》こえてきました。

「⑤おぎゃあ、おぎゃあ。」

主人《しゅじん》は赤《あか》ん坊《ぼう》も幽霊《ゆうれい》なのかと思《おも》い怖《こわ》くなり、逃《に》げるようにして、すぐ隣《となり》のお寺《てら》のお坊《ぼう》さんの所《ところ》に行《い》き、今《いま》までのことを全《すべ》て話《はな》しました。

◆字

① **山寺《やまでら》**：①山裡的寺廟。②（山形縣）立石寺的俗稱。在此為①的意思。

② **石段《いしだん》**：石頭階梯。

③ **通《とお》り抜《ぬ》ける**：穿越、穿過。

④ **がくがく**：①搖動、晃蕩。②顫抖。在此為②的意思。

⑤ **おぎゃあ**：嬰兒的哭聲。

◆句

○ **どこからともなく**：不知從何處。

○ **逃《に》げるようにして**：為了逃命……。

女子輕快地往山裡前進。接著她走到了山寺的石階處，慢慢地爬上石階，再穿過寺門，走過寺廟的側邊，最後來到墓地。

接著，女子咻地消失在一座新建的墳墓之前。老闆大吃一驚，心想是不是遇到幽靈了，嚇得全身發抖。

之後，不知從何處傳來了嬰兒的哭聲。

「哇哇、哇哇。」

老闆以為嬰兒也是幽靈，於是逃跑到一旁的寺廟，把所有的事情告訴廟裡的和尚。

お坊《ぼう》さんは主人《しゅじん》が持《も》っている着物《きもの》の袖《そで》を見《み》て、「なんと、この着物《きもの》は見覚《みおぼ》えがあるぞ。一週間《いっしゅうかん》くらい前《まえ》、若《わか》い女《おんな》の人《ひと》がわしの所《ところ》に来《き》て、気分《きぶん》が悪《わる》いからここに泊《と》めてくれと言《い》ったんだ。①宿《やど》に泊《と》まるお金《かね》がないということだった。とても顔色《かおいろ》が悪《わる》かったので、一晩泊《ひとばんと》めてやったんだが驚《おどろ》いたことに次《つぎ》の朝亡《あさな》くなっていたんだ。何《なに》かの②病《やまい》だったのか、どこから来《き》たのか何《なに》も③分《わ》からず仕舞《じま》いだったが、不憫《ふびん》に思《おも》ったので、着物《きもの》を④着《き》せてあげて、それから小銭《こぜに》を六枚入《ろくまいい》れて、お寺《てら》のお墓《はか》に埋《う》めてやったんだ。」

「お坊《ぼう》さん、その女《おんな》の人《ひと》は飴《あめ》を六回買《ろっかいか》いに来《き》て、七《なな》回目《かいめ》にお金《かね》が無《な》いからと、この着物《きもの》の袖《そで》を渡《わた》したのですよ。」と主人《しゅじん》は震《ふる》えながら言《い》いました。

「まずは、赤《あか》ん坊《ぼう》が泣《な》いている所《ところ》に行《い》ってみるとするか。」お坊《ぼう》さんは怖《こわ》がる様子《ようす》もなく言《い》い、お墓《はか》の方《ほう》に二人《ふたり》で向《む》かうことにしました。

和尚看見老闆手裡拿著的和服袖子，告訴老闆：「竟然！我對這件和服有印象呢。大概一個星期以前，有位年輕女子來我這裡，對我說她身體不舒服，請我讓她在這裡留宿。因為她沒有錢住旅舍。我看她的氣色非常糟糕，所以就讓她住了一個晚上。但令人詫異的是，第二天早上她就過世了。雖然我終究不知道她是得了什麼病，也不知道她是從哪裡來的，但是很同情她，所以就幫她穿上了和服，還放了六枚銅板，把她埋葬於寺裡的墓地。」

老闆發抖著說：「師父，那個女子來買了六次糖，到了第七次說沒有錢，所以就給了我這塊和服的袖子呢。」

「總之，我們先去嬰兒在哭的地方看看吧。」

和尚面無懼色地說完後，決定兩個人一起前往墓地。

◆字

① **宿《やど》**：①家、住處。②（旅途中的）住宿處、過夜處、旅館。在此為②的意思。

② **病《やまい》**：①疾病。②比喻壞習慣。在此為①的意思。

③ **分《わ》からず仕舞《じま》い**：在不清不楚的情況下結束。

④ **着《き》せてあげる**：幫忙穿上。

主人《しゅじん》はとても怖《こわ》く、早《はや》く帰《かえ》りたい気持《きも》ちになっていましたが、お坊《ぼう》さんの後《あと》を追《お》うようにして付《つ》いていきました。すると、やはり赤《あか》ん坊《ぼう》が泣《な》いている声《こえ》が聞《き》こえてきました。

「おぎゃあ、おぎゃあ。」

主人《しゅじん》はまた怖《こわ》くなりましたが、お坊《ぼう》さんはお墓《はか》の中《なか》を歩《ある》いて行《い》って、「赤《あか》ん坊《ぼう》が居《い》るぞ。」と言《い》いました。主人《しゅじん》が恐《おそ》る恐《おそ》る近《ちか》づいていくと、そこには赤《あか》ん坊《ぼう》が①確《たし》かに居《い》ました。

そしてその横《よこ》には手紙《てがみ》が②添《そ》えられていました。手紙《てがみ》を読《よ》むと、その赤《あか》ん坊《ぼう》は③捨《す》て子《ご》だったのです。しかし、手紙《てがみ》によるとこの赤《あか》ん坊《ぼう》が捨《す》てられたのは一週間《いっしゅうかん》も前《まえ》のことでした。

「一週間《いっしゅうかん》も何《なに》も飲《の》まず食《く》わずでこの赤《あか》ん坊《ぼう》はどうやって生《い》きておったのじゃ。」とお坊《ぼう》さんは不思議《ふしぎ》に思《おも》いました。

◆字

① **確《たし》かに**：的確。

② **添《そ》える**：附帶、附上。

③ **捨《す》て子《ご》**：棄嬰。

◆句

○ **によると**：根據～。表示消息的來源，前面加名詞。

雖然老闆非常害怕，很想早一點回去，但還是直追在和尚的身後，跟了上去。抵達後，果然聽到嬰兒啼哭的聲音。

「哇哇、哇哇。」

老闆又開始覺得害怕，但和尚走進墓地一看，馬上說：「這裡有嬰兒呢。」老闆提心吊膽地走上前去，那裡的確有一個嬰兒。

而且旁邊還放了一封信。讀了信後，得知嬰兒原來是個棄嬰。但是，從信裡的內容得知，這個嬰兒遭人丟棄，已經是一個星期之前的事了。

「一個星期不吃不喝，這個嬰兒是怎麼活下來的？」和尚覺得很不可思議。

「お墓《はか》を①掘《ほ》り返《かえ》してみないか。」とお坊《ぼう》さんが言《い》いましたので、主人《しゅじん》は驚《おどろ》きましたが、お坊《ぼう》さんは主人《しゅじん》の返事《へんじ》を聞《き》かず、お墓《はか》を掘《ほ》り起《お》こし始《はじ》めました。

そして②柩《ひつぎ》を開《あ》けてみると、そこには飴《あめ》を求《もと》めてやってきた女《おんな》の人《ひと》が③横《よこ》たわっていました。

主人《しゅじん》はとても驚《おどろ》き、がくがくと震《ふる》え始《はじ》め、同時《どうじ》にお坊《ぼう》さんもとても驚《おどろ》きました。

「わしが入《い》れた小銭六枚《こぜにろくまい》と着物《きもの》の袖《そで》が無《な》くなっておる。」

主人《しゅじん》が持《も》っている着物《きもの》の袖《そで》の部分《ぶぶん》がちょうど④千切《ちぎ》られていたのです。

「そういうことじゃったのか。」

お坊《ぼう》さんは納得《なっとく》したように言《い》いました。

「この女《おんな》の人《ひと》は、赤《あか》ん坊《ぼう》が捨《す》てられているのを可哀想《かわいそう》に思《おも》い、乳《ち》の代《か》わりに飴《あめ》を赤《あか》ん坊《ぼう》に食《た》べさせていたのじゃ。」

◆字

① **掘《ほ》り返《かえ》す**：挖掘。（有已經埋了又再次挖掘的意思）

② **柩《ひつぎ》**：棺材、棺柩。

③ **横《よこ》たわる**：①躺著、橫臥著。②橫放、橫佈。③存在著、面臨著。在此為①的意思。

④ **千切《ちぎ》られる**：①被切成碎片。②被撕下。在此為②的意思。

◆句

○ **～の代《か》わりに**：代替～。前面加名詞。

和尚又說：「把墳墓挖出來看看吧。」老闆聞言相當吃驚，但和尚不等他回應，就開始挖起墳墓了。

打開棺木一看，裡面躺著的就是來買糖的女子。

老闆非常驚訝，開始渾身打顫，而和尚也同樣大吃一驚。

「我放進去的六枚錢幣和和服的袖子都不見了。」

老闆手上拿的和服袖子，剛好就是被扯下來的部分。

「原來是這麼一回事啊。」

和尚露出豁然開朗的表情如此說道。

「這位女子覺得嬰兒被人丟棄很可憐，所以給嬰兒吃糖來代替餵奶吧。」

「①なるほど、それでこの女《おんな》の人《ひと》は幽霊《ゆうれい》となり飴《あめ》を買《か》いに来《き》てたのか。」心《こころ》を打《う》たれた飴屋《あめや》の主人《しゅじん》は、そのお墓《はか》に手《て》を合《あ》わせ、そしてその赤《あか》ん坊《ぼう》を育《そだ》てることに決《き》めました。

それからこの噂《うわさ》は遠《とお》くまで広《ひろ》まり、飴屋《あめや》は有名《ゆうめい》になり、毎日《まいにち》多《おお》くのお客《きゃく》さんが飴《あめ》を買《か》いに来《く》るようになり、大変《たいへん》②繁盛《はんじょう》するようになりました。

数年後《すうねんご》、その赤《あか》ん坊《ぼう》は立派《りっぱ》に成長《せいちょう》し、そして一生懸命勉強《いっしょうけんめいべんきょう》をして、立派《りっぱ》なお坊《ぼう》さんになりました。

「原來如此。所以這位女子才會化為幽靈來買糖吧。」深受感動的糖果店老闆，向墳墓雙手合十，並且決定要養育這個嬰兒。

之後，這個傳聞四處遠播，糖果店也變得赫赫有名，每天都有很多客人來買糖，生意變得非常興隆。

幾年之後，當時的嬰兒也成長茁壯了，而且很用功唸書，最後成為一位了不起的和尚。

◆字

① **なるほど**：（肯定他人的主張或說法）表示原來如此、的確。

② **繁盛《はんじょう》**：繁榮、興隆。

◆句

○ **買《か》いに来《く》る**：過來買……。為了買……而過來。

○ **心《こころ》を打《う》たれる**：受到感動。

○ **～ことに決《き》める**：決定做某件事。

子《こ》育《そだ》て幽霊《ゆうれい》

日本的怪談，並不都是以可怕驚悚的鬼怪當主角，也是有像育子幽靈一樣，無法置棄嬰於不顧的善良女鬼。

而《育子幽靈》在京都則流傳著另一個版本。在京都版本中的嬰兒為育子幽靈在棺材內生下的孩子，從這個版本中則是能感受到母愛的偉大。

此外，在京都版本中出現的糖果店據說是真實存在的！其店名為みなとや幽霊《ゆうれい》子《こ》育《そだて》飴《あめ》本《ほん》舗《ぽ》，擁有四百五十年以上的歷史，至今仍在京都市東山區持續營業中，聞名而來的客人絡繹不絕。那金黃色的糖果，不僅延續了嬰兒的生命，更將這溫馨的怪談流傳了好幾個世紀。

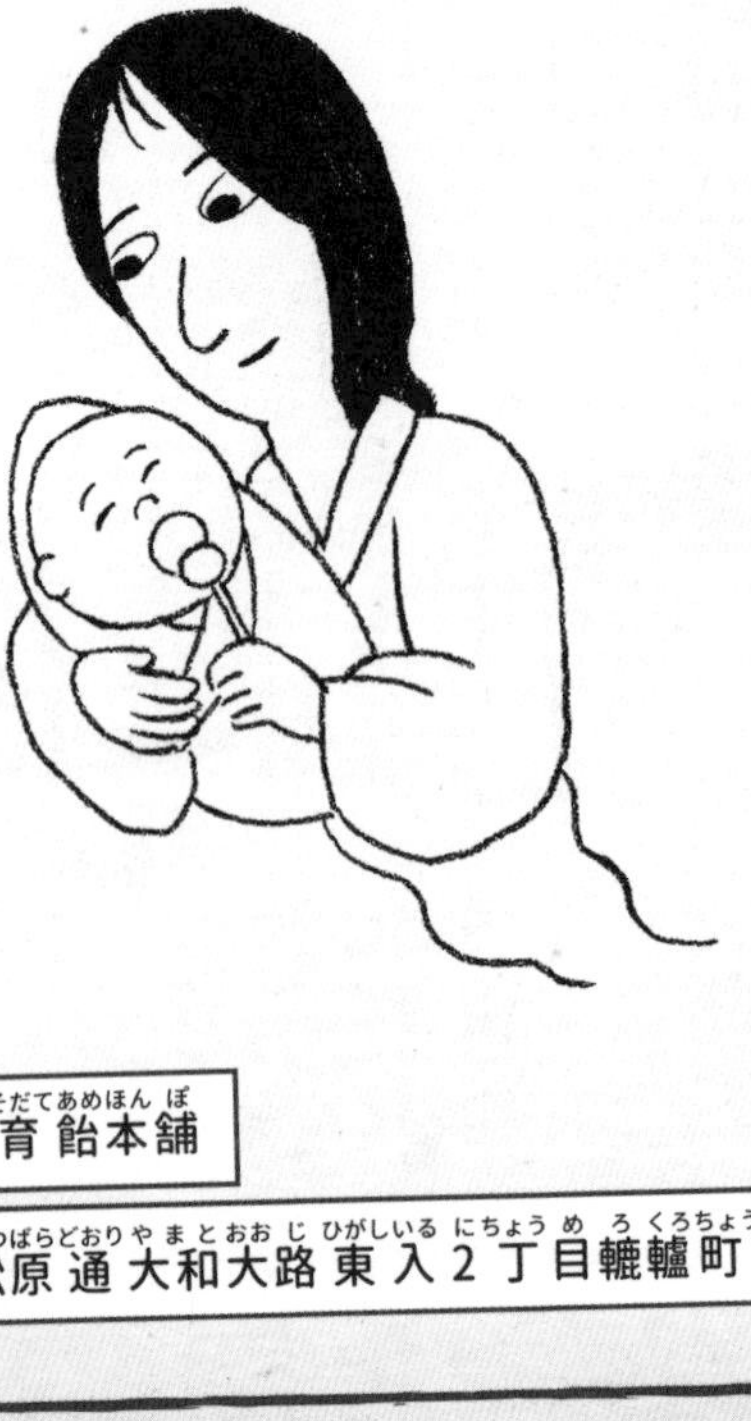

店名	みなとや幽霊《ゆうれい》子《こ》育《そだて》飴《あめ》本《ほん》舗《ぽ》
地址	京《きょう》都《と》市《し》東山《ひがしやま》区《く》松原《まつばら》通《どおり》大和《やまと》大路《おおじ》東《ひがし》入《いる》2丁《にちょう》目《め》轆《ろ》轤《くろ》町《ちょう》８０《はちじゅう》番《ばん》地《ち》の1《いち》

十六人谷

じゅうろくにんだに

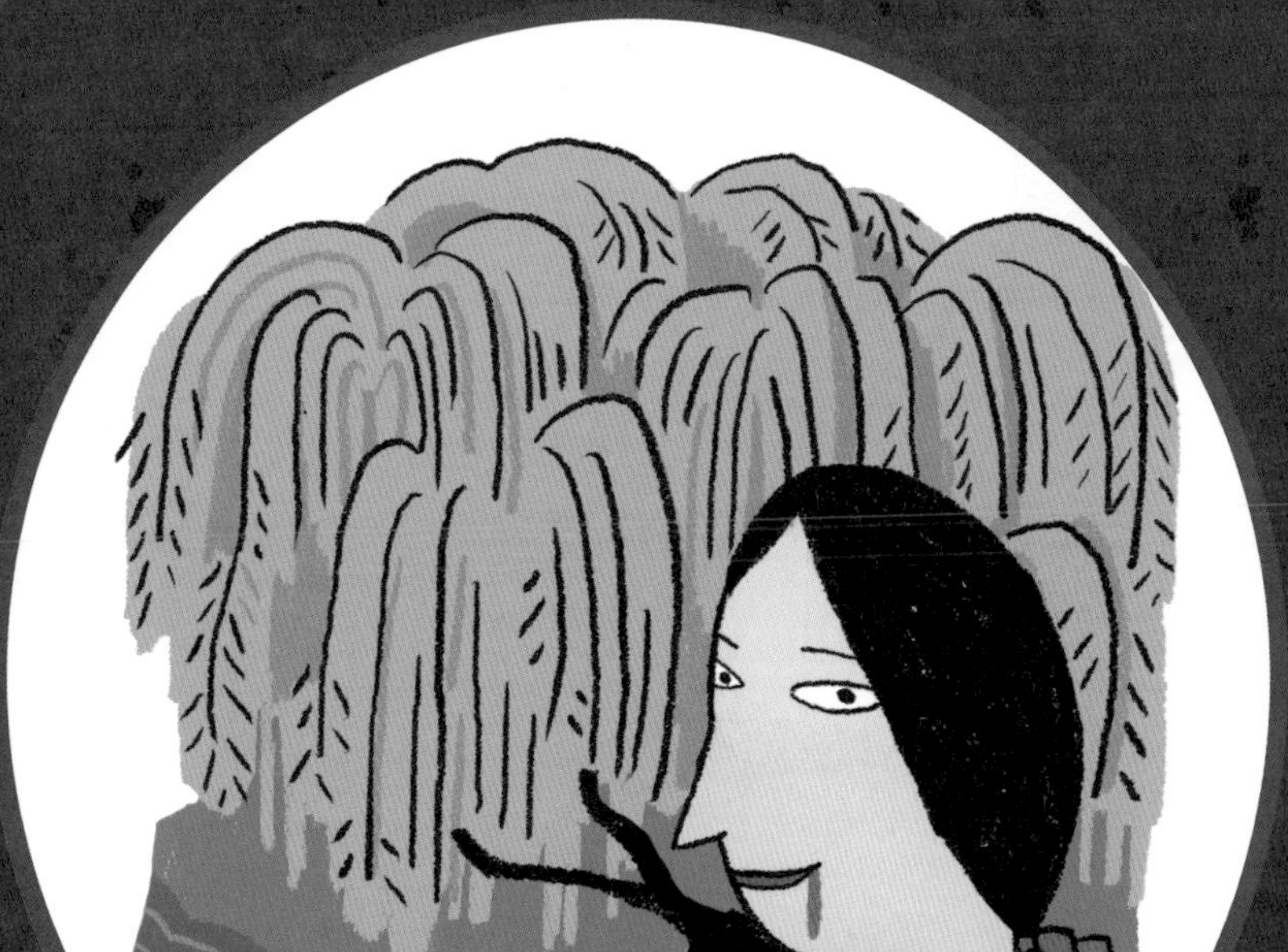

11 十六人谷《じゅうろくにんだに》

昔々《むかしむかし》、①飛騨《ひだ》という山《やま》の中《なか》のそれはそれは深《ふか》く、そして長《なが》く流《なが》れている②黒部《くろべ》の渓谷《けいこく》という所《ところ》に、弥助《やすけ》という③木《き》こりが居《い》ました。山《やま》の④頂《いただき》はいつも真《ま》っ白《しろ》で、屏風《びょうぶ》のように大《おお》きな雲《くも》が⑤立《た》ちはだかっていました。そんな厳《きび》しい山《やま》でしたから、⑥猟《りょう》をするにはとても条件《じょうけん》が良《よ》かったのです。

その渓谷《けいこく》には⑦獣《けもの》がたくさん居《い》ました。弥助《やすけ》は木《き》こりですが、猟《りょう》にもよく出《で》かけていました。一日《いちにち》で猿《さる》や⑧狸《たぬき》を七十匹《ななじゅっぴき》⑨程《ほど》も捕《と》ったこともありましたが、そこは⑩うわばみが出《で》るという噂《うわさ》があり、猟《りょう》に出《で》かける時《とき》はうわばみから命《いのち》を守《まも》るために、必《かなら》ず山刀《やまがたな》を持《も》って行《い》かなければなりませんでした。

しかし、弥助《やすけ》の友人《ゆうじん》は、「うわばみなんか出《で》るわけない。」と言《い》って山刀《やまがたな》を持《も》って行《い》きませんでした。弥助《やすけ》は友人《ゆうじん》の言葉《ことば》に呆《あき》れ⑪つつ、⑫先《さき》に山小屋《やまごや》に戻《もど》りました。山小屋《やまごや》に戻《もど》って、友人《ゆうじん》を待《ま》っていると、その友《ゆう》人《じん》は何事《なにごと》も無《な》かったように元気《げんき》に戻《もど》って来《き》ました。

◆字

① **飛騨《ひだ》**：為一座橫跨日本富山縣、新潟縣、岐阜縣、長野縣的山脈。

② **黒部《くろべ》**：日本地名，位於日本富山縣。

③ **木《き》こり**：樵夫。

④ **頂《いただき》**：頂端、最上面。

⑤ **立《た》ちはだかる**：阻擋。

⑥ **猟《りょう》**：狩獵、打獵。

⑦ **獣《けもの》**：獸類。

⑧ **狸《たぬき》**：①狐狸。②狡猾的人。在此為①的意思。

⑨ **程《ほど》**：①表示約略的範圍、程度。②表示動作或狀態的程度。在此為①的意思。

12 十六人谷

很久以前，飛驒山裡，有一座地勢深險、流水悠長的黑部溪谷。這裡住著一位名叫彌助的樵夫。總是有雪白、宛如屏風般巨大的雲朵遮擋著山頂。因為山勢險峻，對打獵而言是一個條件非常好的所在。

那座溪谷棲息著許多動物。彌助雖是位樵夫，但也時常外出打獵。他曾經在一天之內抓到多達七十隻左右的猴子和狸貓。但是，傳聞那座山有蟒蛇出沒，所以出去打獵時，為了防身一定要隨身攜帶山刀。

不過彌助的朋友卻說：「才不會有什麼蟒蛇出沒。」沒有把山刀帶在身上。朋友說的話雖然讓彌助聽得目瞪口呆，但他還是先回到山中小屋了。彌助回到山中小屋，等待朋友歸來，結果朋友好像什麼事也沒有發生似的，神采奕奕地平安回來了。

---

⑩ **うわばみ**：①巨大的蟒蛇。②比喻酒量好。在此為①的意思。

⑪ **つつ**：①兩個動作同時進行。②雖然……但是……。③表示動作持續進行的狀態。在此為②的意思。前接動詞連用形。

⑫ **先《さき》に**：先行。

◆ **句**

○ **命《いのち》を守《まも》る**：保命、保住性命。

○ **何《なに》事《ごと》も無《な》い**：什麼事也沒有。在此表示平安。

「ほら見《み》ろ、うわばみなんていやしないだろ。」と笑《わら》いながら、小屋《こや》に入《はい》ろうとすると、その後《うし》ろにはうわばみの姿《すがた》が見《み》えました。弥助《やすけ》は驚《おどろ》いて声《こえ》も出《で》ず、山刀《やまがたな》を①鞘《さや》から②引《ひ》き抜《ぬ》きました。

友人《ゆうじん》は後《うし》ろにうわばみが居《い》ることに気《き》づいておらず、「何《なに》を怖《こわ》がっているんだ？弥助《やすけ》。」と言《い》い、ふと後《うし》ろを振《ふ》り向《む》きました。

その瞬間《しゅんかん》、小屋《こや》は大《おお》きな音《おと》と友人《ゆうじん》の叫《さけ》び声《ごえ》と共《とも》に③吹《ふ》き飛《と》んでしまいました。

弥助《やすけ》は遠《とお》くに飛《と》ばされましたが、山刀《やまがたな》を持《も》っていたので助《たす》かりました。山小屋《やまごや》があった場所《ばしょ》を見《み》るとそこにはゆっくりと④蠢《うごめ》くうわばみの巨体《きょたい》が⑤ずるずると⑥這《は》っていました。

そして、その場《ば》には友人《ゆうじん》の姿《すがた》はもうありませんでした。

「你看，才沒有什麼蟒蛇吧。」當朋友笑著正準備走進小屋時，彌助看到跟在他身後的蟒蛇。彌助嚇得發不出聲音，從刀鞘裡拔出山刀。

朋友沒有發覺身後的蟒蛇，開口問他：「彌助，你在怕什麼？」接著朋友猛一回頭往後一看。

就在那一瞬間，小屋伴隨著巨響和朋友的驚叫聲，被吹得飛起來。

彌助雖然也被吹得很遠，但因為隨身帶著山刀，因此得救了。彌助往山中小屋原本的所在位置一看，只見蟒蛇緩慢蠕動的龐大身軀，慢吞吞地拖在地上爬。

然後，那裡已經看不見朋友的身影了。

◆字

① **鞘《さや》**：①（刀、劍）鞘。②價錢或利率的差額。在此為①的意思。

② **引《ひ》き抜《ぬ》く**：①拔出。②選拔。③拉攏。在此為①的意思。

③ **吹《ふ》き飛《と》ぶ**：①被風吹跑了。②消失。在此為①的意思。

④ **蠢《うごめ》く**：蠕動。

⑤ **ずるずると**：①拖拉著。②拖延、拖拖拉拉地。③滑溜地。在此為①的意思。

⑥ **這《は》う**：①爬。②（植物藤蔓）攀爬。③（蟲、蛇）爬行。在此為③的意思。

◆句

○ **～やしない**：表示應該做卻不做。前接動詞連用形。

友人《ゆうじん》の①通夜《つや》の晩《ばん》に大酒《おおざけ》を飲《の》んで酔《よ》っ払《ばら》って帰《かえ》って来《き》た弥助《やすけ》は、そのまま②床《ゆか》に③突《つ》っ伏《ぶ》して眠《ねむ》ろうとしましたが、何《なに》かの気配《けはい》を感《かん》じて起《お》き上《あ》がりました。「誰《だれ》だ？人《ひと》の家《いえ》に黙《だま》って入《はい》っている奴《やつ》は？」まだ若《わか》く肝《きも》の据《す》わっていた弥助《やすけ》は気配《けはい》に④向《む》かって⑤問《と》いかけました。すると、そこには美《うつく》しい女《おんな》の人《ひと》が立《た》っていました。「お願《ねが》いします。明日谷《あしたたに》に行《い》くのでしたら、そこにある柳《やなぎ》の木《き》だけは切《き》らないで下《くだ》さい。」と、女《おんな》の人《ひと》は言《い》いました。

「それは一体《いったい》どういう事《こと》だ？柳《やなぎ》の木《き》を切《き》ろうがどうしようが勝手《かって》ではないか。」と、弥助《やすけ》は酔《よ》った⑥勢《いきお》いもあったか、女《おんな》の人《ひと》に怒鳴《どな》りましたが、「お願《ねが》いします。それだけは止《や》めて下《くだ》さい。」と、女《おんな》の人《ひと》は⑦しきりに頼《たの》み込《こ》みました。「おら一人《ひとり》で行《い》くのではない。みんなで行《い》くんだ。おらに頼《たの》んでも、どうにもならない。」と、弥助《やすけ》は拒《こば》み続《つづ》けましたが、女《おんな》の人《ひと》は、「お願《ねが》いします。お願《ねが》いします。」と弱々《よわよわ》しく言《い》いながら、すうっと消《き》えていきました。さすがに恐《おそ》ろしくなった弥助《やすけ》は布《ふ》団《とん》にもぐり、⑧さっさと寝《ね》ようとしました。

◆字

① **通夜《つや》**：徹夜守靈、徹夜誦經。

② **床《ゆか》**：地板。

③ **突《つ》っ伏《ぶ》す**：突然趴下。

④ **向《む》かう**：①向著、面著。②朝…去（指前進的目標）。③趨向、接近。在此為①的意思。

⑤ **問《と》いかける**：問、詢問。

⑥ **勢《いきお》い**：①力量、氣勢。②形勢、局面。在此為①的意思。

⑦ **しきりに**：①頻頻、屢次。②熱衷。在此為①的意思。

⑧ **さっさと**：迅速地。

彌助在朋友的守靈夜上喝了很多酒，喝得醉醺醺的他，回家後直接趴在地板上，打算就這樣睡覺時，感覺屋內有些動靜，所以起身。「是誰？是哪個不吭一聲就進到別人家裡的傢伙？」彌助還年輕，膽子很大，朝著有動靜的方向詢問。結果那裡站著一位美麗的女子。女子對彌助說：「我求求您，如果明天您要去溪谷，請您唯獨不要砍掉在那裡的柳樹。」

彌助或許是酒意上頭，他如此對女子大吼：「這到底是怎麼回事？要不要砍掉柳樹，難道不是我的自由嗎？」然而女子只是一味地不停拜託：「我求求您，請您千萬別做那件事。」「我不是一個人去，而是和大夥兒們一起去。妳即使拜託我也是無濟於事。」彌助依然拒絕女子的請求。但女子還是用微弱的聲音對他說：「求求您，求求您。」之後便無聲無息地消失了。這下子，連彌助也感到害怕，他鑽進了棉被裡，想要快點入睡。

◆句

○**肝《きも》の据《す》わる**：有膽量、有膽識。

①あくる日《ひ》、弥助《やすけ》は十五人《じゅうごにん》の仲間《なかま》と谷《たに》へ入《はい》りました。そこにはとても大《おお》きく、立派《りっぱ》な柳《やなぎ》の木《き》が立《た》っていました。そして、よく見《み》ると柳《やなぎ》の木《き》の下《した》に人影《ひとかげ》が見《み》えました。

「昨夜《さくや》の女《おんな》だ。」

そこには昨夜《さくや》の女《おんな》の人《ひと》が立《た》っていて、弥助《やすけ》に向《む》かってお辞儀《じぎ》をした後《あと》、またすうっと消《き》えていきました。

隔天，彌助和十五位夥伴進入了溪谷。溪谷裡聳立著一棵非常巨大雄偉的柳樹。接著，仔細一瞧柳樹下有個人影。

「是昨晚的女子。」

那裡站著昨晚看到的女子，她對著彌助行了禮，接著又無聲無息地消失了。

◆字

①**あくる日《ひ》**：隔天、翌日。

◆句

○**お辞儀《じぎ》をする**：行禮、鞠躬。

「何《なん》でこんな所《ところ》にいるんだ？」と思《おも》いながら、下《した》へ①駆《か》け降《お》りましたが昨夜《さくや》の女《おんな》の人《ひと》はもうそこにはいませんでした。

「何《なに》しとるんじゃ、さっさと仕事《しごと》②せんかい。」と、③親方《おやかた》が弥助《やすけ》を呼《よ》びました。

その声《こえ》で④はっと我《われ》に返《かえ》った弥助《やすけ》は叫《さけ》びました。

「親方《おやかた》！親方《おやかた》！その木《き》は切《き》らないで下《くだ》さい。」

柳《やなぎ》の木《き》はとても立派《りっぱ》でしたので、木《き》こり達《たち》は皆大喜《みなおおよろこ》びで、⑤まだまだ⑥若造《わかぞう》の弥助《やすけ》の話《はなし》には誰《だれ》も聞《き》く耳《みみ》を持《も》ちません。

「止《や》めて下《くだ》さい。」

弥助《やすけ》は必死《ひっし》になって叫《さけ》びましたが、⑦無残《むざん》にも柳《やなぎ》の木《き》は⑧切《き》り倒《たお》されてしまいました。

◆字

① **駆《か》け降《お》りる**：跑下去。

② **せんかい**：命令、指使某人做事的意思。等於しなさい。方言用語。

③ **親方《おやかた》**：師傅。

④ **はっと**：①突然想起。②嚇一跳。在此為①的意思。

⑤ **まだまだ**：還、尚、仍然。

⑥ **若造《わかぞう》**：年輕人、小夥子。

⑦ **無残《むざん》に**：殘酷地、殘忍地。

⑧ **切《き》り倒《たお》す**：砍倒。

◆句

○ **我《われ》に返《かえ》る**：恍然醒悟過來。

彌助一邊想著：「為什麼她會出現在那個地方？」一邊往下跑，但是昨晚的女子已經不在那裡了。

「你在幹什麼，還不趕快工作。」師傅呼喚著彌助。

彌助因這一聲而回過神來，他大聲叫著……

「師傅！師傅！請您不要砍掉那棵樹。」

柳樹長得高大挺拔，所以樵夫們都很高興。再加上彌助還只是個年輕小夥子，因此大家都對他說的話充耳不聞。

「請不要砍樹。」

雖然彌助拚了命地大喊，但柳樹還是很淒慘地被砍倒了。

その日《ひ》の夜《よる》のことです。

山小屋《やまごや》に戻《もど》った弥助《やすけ》と十五人《じゅうごにん》の仲間《なかま》は疲《つか》れていたのか急《きゅう》に眠気《ねむけ》に襲《おそ》われて、一人《ひとり》残《のこ》らず①眠《ねむ》りこけてしまいました。

しばらく経《た》った時《とき》、山小屋《やまごや》の戸《と》が開《ひら》く音《おと》がして、弥助《やすけ》は目《め》を覚《さ》ましましたが、他《ほか》の仲間《なかま》は起《お》きる気配《けはい》②すらありません。

戸《と》の方《ほう》を見《み》ると、昨夜《さくや》来《き》た女《おんな》の人《ひと》が居《い》ました。

女《おんな》の人《ひと》は静《しず》かに、一歩《いっぽ》③ずつ、中《なか》に入《はい》って来《き》ました。

「昨夜《さくや》の女《おんな》だ。」

弥助《やすけ》は恐《おそ》ろしくなり、その場《ば》で気《き》を失《うしな》ってしまいました。

それから、④どれだけの時間《じかん》が経《た》ったのかは分《わ》かりませんが、妙《みょう》な⑤物音《ものおと》で弥助《やすけ》は目《め》を覚《さ》ましました。

目《め》を開《あ》けた時《とき》、そこには信《しん》じられないような⑥光景《こうけい》が広《ひろ》がっていました。

◆字

① **眠《ねむ》りこける**：熟睡。
② **すら**：連……，都……。
③ **～ずつ**：①表示平均的意思。例：一人《ひとり》五《ご》百円《ひゃくえん》ずつ（一個人各五百日圓）。②表示重複固定的數量。在此為②的意思。
④ **どれだけ**：大約多少。
⑤ **物音《ものおと》**：聲音、聲響。
⑥ **光景《こうけい》**：情景、景象。

◆句

○ **眠気《ねむけ》に襲《おそ》われる**：睏意襲來。
○ **気《き》を失《うしな》う**：①不省人事、昏倒。②失去動力。在此為①的意思。

事情發生在當天晚上。

回到山中小屋的彌助和十五位夥伴們，或許是因為累了，突然一陣睡意襲來，大家都毫無例外地沈沈睡去了。

過了一段時間，彌助被山中小屋的開門聲吵醒，但其他夥伴們卻絲毫沒有要醒來的跡象。

彌助往門的方向一看，看到了昨晚來訪的女子。

女子靜悄悄地一步一步走進來。

「是昨晚的女子。」

彌助開始感到害怕，當場暈過去了。

之後，不知道又過了多久時間，彌助被一陣奇怪的聲響給擾醒。

當他張開眼，映入眼簾的是一副讓人難以置信的光景。

○**時間《じかん》が経《た》つ**：時間經過、時間過去。

○**目《め》を開《あ》ける**：睜開雙眼。

女《おんな》の人《ひと》が仲間《なかま》の一人《ひとり》の口《くち》に自分《じぶん》の口《くち》を直接《ちょくせつ》①突《つ》っ込《こ》み、音《おと》を立《た》てながら舌《した》を②引《ひ》き抜《ぬ》き、食《た》べていたのです。

弥助《やすけ》の視線《しせん》に気付《きづ》いた女《おんな》の人《ひと》は顔《かお》を上《あ》げ、③口元《くちもと》だけを歪《ゆが》めて弥助《やすけ》に④笑《わら》い掛《か》けました。その口《くち》からはたくさんの血《ち》が⑤滴《したた》り落《お》ちていました。

「五助《ごすけ》。せい吉《きち》。」弥助《やすけ》は必死《ひっし》になって仲間《なかま》の名前《なまえ》を呼《よ》びましたが、仲間《なかま》は⑥既《すで》に女《おんな》の人《ひと》に舌《した》を抜《ぬ》かれ、全員白目《ぜんいんしろめ》をむいて死《し》んでいました。

女子把自己的嘴直接伸進其中一名夥伴的口中，把對方的舌頭咬了下來，還吃得咂咂有聲。

察覺到彌助的視線後，女子抬起頭來，嘴角一歪向彌助笑了笑。從她的嘴角滴下大量的鮮血。

「五助、勢吉。」彌助死命地叫著夥伴的名字，但是夥伴們卻已經被女子拔掉了舌頭，每個人都翻著白眼死掉了。

◆**字**

①**突《つ》っ込《こ》む**：①衝進、闖入。②塞進、插入。③深入。在此為②的意思。

②**引《ひ》き抜《ぬ》く**：拔出。

③**口元《くちもと》**：①嘴邊、嘴角。②嘴型。③出入口。在此為①的意思。

④**笑《わら》い掛《か》ける**：笑著、展開笑容。

⑤**滴《したた》り落《お》ちる**：滴落下來。

⑥**既《すで》に**：①已經。②將要、正當。在此為①的意思。

◆**句**

○**音《おと》を立《た》てる**：發出聲音。

○**顔《かお》を上《あ》げる**：抬起頭來。

○**白目《しろめ》をむく**：翻著白眼。

女《おんな》の人《ひと》は弥《や》助《すけ》に近《ちか》づいてきました。「あなたに頼《たの》めば、こんなことにならずに①済《す》むと思《おも》ったのに。あなたに頼《たの》めば、こんなことにならずに済《す》むと思《おも》ったのに……。」女《おんな》の人《ひと》は②どんどん弥《や》助《すけ》に近《ちか》づいて来《き》て、弥《や》助《すけ》の舌《した》も抜《ぬ》こうとしました。弥《や》助《すけ》は怯《おび》えながらも、側《そば》に置《お》いてあった山《やま》刀《がたな》で女《おんな》の人《ひと》を③斬《き》り付《つ》け、命《いのち》④辛々《からがら》その場《ば》から逃《に》げ出《だ》しました。

それから五十年《ごじゅうねん》。

弥《や》助《すけ》は白髭《しらひげ》を生《は》やしたおじいさんになり、⑤囲炉裏《いろり》で暖《だん》を取《と》っていました。目《め》の前《まえ》には若《わか》い女《おんな》も座《すわ》っており、その女《おんな》の人《ひと》に向《む》かって、五十年《ごじゅうねん》前《まえ》のことを話《はな》していました。

「あれから五十年《ごじゅうねん》……。今《いま》⑥思《おも》い出《だ》しても、あれほど恐《おそ》ろしいことはなかった。しかし、あれほど美《うつく》しい者《もの》もわしは見《み》たことがない。もしできるならば、死《し》ぬ前《まえ》にもう一度《いちど》あの女《おんな》に会《あ》いたいもんじゃ……。」と、⑦年老《としお》いた弥《や》助《すけ》じいさんは⑧しみじみと、話《はなし》をしていた女《おんな》の人《ひと》に語《かた》りかけました。

◆字

① **済《す》む**：①終結、結束。②能對付、能應付。③償還（借款）。在此為①的意思。

② **どんどん**：①接連不斷地。②很快地、迅速地。③狀聲詞，表咚咚、嘩嘩、蹬蹬地。在此為②的意思。

③ **斬《き》り付《つ》ける**：砍過去。

④ **辛々《からがら》**：勉勉強強、很困難地。

⑤ **囲炉裏《いろり》**：（日本農家取暖和燒飯用的）地爐、炕爐。

⑥ **思《おも》い出《だ》す**：①想起來。②聯想起來。在此為①的意思。

⑦ **年老《としお》いた**：年老、上了年紀。

⑧ **しみじみ**：深切感受、很有感觸地。

女子走近彌助。「我原本以為只要拜託你，就不必做這種事了。我原本以為只要拜託你，就不必這麼做了……。」女子向彌助步步逼近，打算拔掉他的舌頭。彌助雖然膽怯，還是拿起放在一旁的山刀，向女子砍去，好不容易才從那裡逃了出來。

從此過了五十年。

彌助已經成了鬍鬚花白的老爺爺，他正坐在地爐前取暖。他的眼前也坐著一位年輕的女子；他向這位女子，說出了五十年前發生的往事。

「在那之後已經過了五十年……。現在回想起來，再也沒有比這更可怕的事情了。但是，我從來沒見過那麼漂亮的女人。可以的話，我真想在死之前，再見到那個女子一面……。」年老的彌助爺爺，充滿感慨地告訴剛才和自己聊天的女子。

◆句

○**ながらも**：雖然……可是……。

○**暖《だん》を取《と》る**：取暖。

○**あれほど恐《おそ》ろしいことはない**：沒有比那更可怕的事情了。

①夕方《ゆうがた》になり、おばあさんが夕飯《ゆうはん》を持《も》って来《き》ました。

「おじいちゃん、夕飯《ゆうはん》を持《も》って来《き》たわよ。おじいちゃん……?し、舌《した》が無《な》い……。じいさまの口《くち》に舌《した》が無《な》い!」部屋《へや》の中《なか》を覗《のぞ》き込《こ》んだおばあさんは、舌《した》を引《ひ》き抜《ぬ》かれて死《し》んでいる弥助《やすけ》じいさんの死体《したい》を見《み》つけて叫《さけ》びました。

おじいさんの話《はなし》を黙《だま》って聞《き》いていた若《わか》い女《おんな》の人《ひと》がゆっくり振《ふ》り返《かえ》りました。

そして、口元《くちもと》だけを歪《ゆが》めて笑《わら》い掛《か》けました。

その顔《かお》は紛《まぎ》れもなく……。

しかし、弥助《やすけ》じいさんの死体《したい》の表情《ひょうじょう》は、どこか②恍惚《こうこつ》として何《なに》かに話《はな》し掛《か》けているような顔《かお》をしていました。

そして、この事件《じけん》があった谷《たに》は十六人谷《じゅうろくにんだに》と③名付《なづ》けられたそうです。

到了傍晚，老婆婆拿著晚飯過來。

「老頭子，我拿晚飯來了喲。老頭子……？舌、舌頭不見了……。老頭子嘴裡的舌頭不見了！」探頭朝房間一望的老婆婆，看到舌頭被拔掉的彌助老爺爺的屍體，大聲叫了出來。

一直默默傾聽老爺爺說話的女子，慢慢地轉過頭來。接著，歪起嘴角地笑了。

那張臉肯定就是……。

然而，死去的彌助老爺爺，臉上卻帶著一股恍惚的神情，好像在向誰傾訴著什麼似的。

於是，據說發生了這起事件的溪谷，就被稱為十六人谷了。

◆**字**

①**夕方**《ゆうがた》：傍晚、黃昏時。

②**恍惚**《こうこつ》：出神、入迷。

③**名付**《なづ》**ける**：命名、取名字。

◆**句**

○**紛**《まぎ》**れもない**：貨真價實的、千真萬確的。

十六人谷《じゅうろくにんだに》

十六人谷的確切位置

十六人谷又稱十六谷，真實存在於日本富山縣黑部市宇奈月町，位在非常偏僻的深山之中，是個杳無人煙的狹谷，最靠近十六人谷的車站為黑薙駅《くろなぎえき》，直線距離相距四公里左右，但地勢相當的險峻，無法使用一般交通工具抵達，是相當危險的地域，當地居民平時也不會靠近。

神秘女子的身分

據說怪談中的神秘女子是名柳樹精，和被樵夫們砍掉的柳樹為夫妻樹，為了阻止樵夫們砍掉自己的丈夫，柳樹精才特意夜訪彌助，但卻還是阻止不了悲劇的發生，為了報仇她才再次化作人形，奪取樵夫們的性命。

日本的原始宗教為神道教，主要祭拜天神地祇，將自然界的各種動植物視為神祇。在萬物皆有靈的思想下，人類的肆意破壞等同於對神明的不敬，或許這篇怪談除了令人感到可怕驚悚外，最重要的是想讓後人們深思，面對大自然，人類應該抱持著感恩及敬畏之心，要避免無節制的破壞。

三枚《さんまい》のお札《ふだ》

13 三枚《さんまい》のお札《ふだ》

昔々《むかしむかし》、山《やま》の①ふもとのお寺《てら》に和尚《おしょう》さんとそれはそれは②やんちゃな③小僧《こぞう》が暮《く》らしていました。

そのやんちゃ④ぶりときたら、野《の》うさぎを⑤見《み》つけたら火《ひ》の棒《ぼう》を持《も》って⑥追《お》い掛《か》け回《まわ》したり、和尚《おしょう》さんが⑦ぼたもちを⑧お供《そな》えしたらそれを勝手《かって》に食《た》べてしまったり、掃除《そうじ》もいい加減《かげん》にしかしなかったので、和尚《おしょう》さんはいつも手《て》を焼《や》いていました。

そんなある日《ひ》、山《やま》はもう夏《なつ》の終《お》わりで、裏山《うらやま》はもうすっかり秋《あき》の気配《けはい》となっていました。

その裏山《うらやま》には大《おお》きな栗《くり》の木《き》があって、風《かぜ》が吹《ふ》くと、その実《み》がいくらでも⑨ぽたぽた落《お》ちる程《ほど》でした。

小僧《こぞう》は裏山《うらやま》を見《み》ながら、「おらも栗拾《くりひろ》いに行《い》きたいなあ。」と和尚《おしょう》さんに言《い》うと、「ならん。裏山《うらやま》には⑩山姥《やまんば》がおるけえ、食《く》われてしまうぞ。危《あぶ》ないから行《い》ってはならねえ。」と言《い》いました。

◆字

① **ふもと**：山腳下。

② **やんちゃな**：任性耍賴的、調皮的。

③ **小僧《こぞう》**：①小和尚。②小學徒。③小傢伙。在此為①的意思。

④ **ぶり**：①表示事物的狀態或樣子。②表示份量、大小。③（時間的經過）相隔。在此為①的意思。

⑤ **見《み》つける**：①發現、發覺。②看習慣。在此為①的意思。

⑥ **追《お》い掛《か》け回《まわ》す**：追著。

⑦ **ぼたもち**：紅豆餡年糕。

⑧ **お供《そな》えする**：祭祀、祭拜。

⑨ **ぽたぽた**：啪搭啪搭（水珠持續低落的聲音）。在此形容果實掉落頻繁。

14 三張護身符

很久以前，在山腳下的一間寺廟裡，住著一位和尚和非常喜歡調皮搗蛋的小沙彌。

說到那個小沙彌的調皮行徑，可是不勝枚舉；如果發現野兔，他會手拿著火把，跟在後面追個不停，和尚要是拿牡丹餅（紅豆糯米糰）來祭拜的話，他也會擅自吃掉，而且掃除工作也做得很馬虎，所以總是讓和尚大傷腦筋。

話說某一天，山上因夏季即將結束，後山已是一片秋意襲來。

在後山裡，有一顆很大的栗子樹，果實多到只要風一吹，就會源源不斷地掉落下來。

小沙彌看著後山，對和尚說：「我也想去撿栗子呢。」和尚說：「不行！後山有山姥，你會被她吃掉喲。那裡很危險，你不能去。」

---

⑩ **山姥《やまんば》**：山中女妖。

◆句

○ **いい加減《かげん》にする**：①敷衍了事、隨便做做。②適可而止。在此為①的意思。

○ **手《て》を焼《や》く**：燙手山芋、傷腦筋的意思。

しかし小僧《こぞう》は、「そんなもの居《い》るわけねえ。おらはどうしても行《い》くだ。」と和尚《おしょう》さんの言《い》うことを聞《き》きませんでした。

小僧《こぞう》は聞《き》き分《わ》けの無《な》い子《こ》だったので、和尚《おしょう》さんがいくら言《い》っても①わがままばかり言《い》っていました。

和尚《おしょう》さんは仕方《しかた》なく、「お前《まえ》さんみたいな聞《き》き分《わ》けの無《な》い子《こ》は、少《すこ》しは怖《こわ》い目《め》に遭《あ》って性根《しょうね》を叩《たた》き直《なお》して貰《もら》った方《ほう》がええじゃろう。」と行《い》くのを許《ゆる》しました。

但小沙彌卻不聽和尚的話，反駁他：「不可能有那種東西。無論如何我一定要去。」

小沙彌是個不聽話的孩子，所以不論和尚怎麼說，他還是任性地自說自話。

和尚不得已，只好答應他去：「像你這種不聽話的小孩，最好還是遇到一點恐怖的事，才能讓你徹底改變本性吧。」

◆字

① **わがまま**：①任性、放肆。②做連語時，表示按照自己的想法。在此為①的意思。

◆句

○ **聞《き》き分《わ》けの無《な》い**：不聽話的（人）。

○ **いくら～ても**：不論（做、說、聽）了多少……還是。

○ **～ばかり**：①大約。②剛剛、才……。③僅僅、只有。在此為③的意思。

○ **目《め》に遭《あ》う**：體驗、遭遇到。

○ **性根《しょうね》を叩《たた》き直《なお》す**：改善、調整本來的性格使其變好。

小僧《こぞう》は喜《よろこ》び、早速《さっそく》出《で》かけようとしましたが、和尚《おしょう》さんは呼《よ》びとめて懐《ふところ》から①何《なに》やら取《と》り出《だ》しました。

「これを持《も》って行《い》くが良《い》い。」と、お札《ふだ》を三枚《さんまい》渡《わた》しました。

小僧《こぞう》は、「何《なん》だ②こりゃ、こんなもん何《なん》の役《やく》に立《た》つんだ？」

「山姥《やまんば》が出《で》た時《とき》には、これを使《つか》うと良《い》い。」と言《い》い、小僧《こぞう》は仕《し》方《かた》なくお札《ふだ》を持《も》って行《い》くことにしました。

小僧《こぞう》は和尚《おしょう》さんの心配《しんぱい》をよそに、③飛《と》び跳《は》ねるようにして裏山《うらやま》へ出《で》かけていきました。

行《い》ってみると、大《おお》きな栗《くり》がたくさん落《お》ちているので、小僧《こぞう》は大喜《おおよろこ》びで拾《ひろ》い続《つづ》けました。

小僧《こぞう》は栗《くり》を全部《ぜんぶ》持《も》って帰《かえ》りたいと思《おも》い、山《やま》を④駈《か》けずり回《まわ》りました。

小沙彌很開心，正打算立刻出門時，和尚卻叫住他，並且從懷裡拿出了些什麼。

他對小沙彌說：「你把這個帶去。」接著把三張護身符交給他。

小沙彌說：「這是什麼東西？這種東西能發揮什麼用處？」

和尚說：「山姥出現的時候，你可以把這個拿出來用。」小沙彌勉為其難地帶著護身符出門了。

小沙彌不顧和尚的擔心，蹦蹦跳跳地前往後山。

去到後山一看，發現地上掉了很多大顆的栗子，所以小沙彌很高興地一直撿。

小沙彌想把所有的栗子都帶回去，在山裡東奔西跑，到處尋找。

◆字

① **何《なに》やら**：①不知是什麼（東西）。②（不知緣由地）好像。在此為①的意思。

② **こりゃ**：これは，這個。

③ **飛《と》び跳《は》ねる**：跳得很高（表示開心不已）

④ **駈《か》けずり回《まわ》る**：東奔西跑、奔走。

◆句

○ **役《やく》に立《た》つ**：有用、有幫助。

○ **～をよそに**：置之不理、無關緊要看待。

それからどのくらいの時間《じかん》が過《す》ぎたのでしょうか。

随分《ずいぶん》と山《やま》の中《なか》に入《はい》り込《こ》んでしまい、①ざるの中《なか》が栗《くり》の実《み》でいっぱいになった頃《ころ》、ふと気《き》づくと日《ひ》が②すっかり暮《く》れてしまっていました。

さすがの小僧《こぞう》もこうなるとすっかり③心細《こころぼそ》くなり、帰《かえ》る支度《したく》を④し始《はじ》めると、目《め》の前《まえ》に一人《ひとり》のおばあさんが立《た》っていました。

「小僧《こぞう》さん、小僧《こぞう》さん。栗《くり》を拾《ひろ》いに来《き》たのかい。たくさんの栗《くり》を拾《ひろ》ったんじゃのう。良《よ》かったら家《いえ》へ来《き》なさい。栗《くり》を⑤茹《ゆ》でてやるから、たくさん栗《くり》を食《た》べんさい。」と言《い》うので、お腹《なか》を空《す》かせていた小僧《こぞう》は喜《よろこ》んでおばあさんについて行《い》くことにしました。

之後，不知又過了多久的時間。

小沙彌走到了山的深處，等到竹簍已經裝了滿滿的栗子，他才猛然發現，天色已經完全暗下來了。

這下，就連小沙彌也變得極為不安；當他開始準備回去時，眼前站著一位老婆婆。

「小沙彌、小沙彌。你是來撿栗子的嗎？你撿了好多栗子呢。如果你願意的話，來我家吧。我會幫你煮栗子，你就多吃點栗子吧。」因為老婆婆這麼說，讓肚子正餓的小沙彌開心地決定跟著老婆婆走了。

◆字

①**ざる**：竹籃。

②**すっかり**：完全、全部地、全然。

③**心細《こころぼそ》い**：不安的、擔心的、膽怯的。

④**し始《はじ》める**：開始要做。

⑤**茹《ゆ》でる**：①川燙②熱敷。在此為①的意思。

◆句

○**お腹《なか》を空《す》かせる**：飢餓、肚子餓。

○**～について行《い》く**：跟著去。

そして、家《いえ》に着《つ》くと、おばあさんは拾《ひろ》ってきた栗《くり》を鍋《なべ》いっぱいになるまで茹《ゆ》でてくれました。

お腹《なか》を空《す》かせていた小僧《こぞう》は、①ぱくぱくと栗《くり》を食《た》べました。

栗《くり》をいっぱい食《た》べた小僧《こぞう》は、段々《だんだん》と眠《ねむ》くなってきました。

おばあさんは、「もう夜《よる》も遅《おそ》い、一晩泊《ひとばんと》まっていくがいい。」と言《い》い、布団《ふとん》を持《も》ってきてくれたので、安心《あんしん》して小僧《こぞう》はそのまま②ぐっすり眠《ねむ》ってしまいました。

ところが、小僧《こぞう》は③ふとある物音《ものおと》で目《め》を覚《さ》ましました。

ギギギギギ……ギギギギギ……

起《お》きてみると、④ふすま越《ご》しにはまだ灯《あか》りが点《つ》いており、おばあさんはまだ起《お》きている様子《ようす》でした。

到家後，老婆婆幫忙煮了一整鍋小沙彌撿到的栗子。

餓壞的小沙彌，大口地吃著栗子。

吃了一大堆栗子的小沙彌，睡意變得愈來愈濃。

老婆婆說：「夜已深了，你可以在這裡住一晚。」說完便幫他拿了棉被過來，所以小沙彌很放心地就這麼熟睡了。

但是，小沙彌卻突然聽到某種聲音而醒來了。

唧唧唧唧唧……唧唧唧唧唧……

小沙彌起身一看，隔著紙門看到房裡燈還亮著，看樣子老婆婆還沒睡。

◆字

① **ぱくぱくと**：①大吃特吃、狼吞虎嚥。②嘴巴一張一合的樣子。在此為①的意思。

② **ぐっすり**：熟睡的、酣睡的。

③ **ふと**：①沒有理由、無意識地突然發生某事。②立刻、馬上。③形容動作迅速。在此為①的意思。

④ **ふすま越《ご》し**：隔著拉門看。ふすま為兩面紙糊的拉門。

そっとふすまを開《あ》けて覗《のぞ》いてみると、おばあさんが包丁《ほうちょう》を①研《と》いでいました。

「何《なん》でこんなに夜遅《よるおそ》くに、包丁《ほうちょう》なんて研《と》いでいるんだろう。」と不思議《ふしぎ》に思《おも》いましたが、ふと部屋《へや》の②隅《すみ》を見《み》ると、なんとそこには③しゃれこうべが置《お》かれていました。

小沙彌悄悄拉開紙門窺看，看到老婆婆正在磨菜刀。

小沙彌覺得不解，心想：「為什麼這麼晚了，還要磨什麼菜刀呢？」隨後不經意地一瞥房間的角落，那裡居然放著骷髏頭。

◆字

① 研《と》ぐ：①磨（刀子等）。②擦亮（鏡子等）。在此為①的意思。

② 隅《すみ》：角落。

③ しゃれこうべ：骷髏頭。

びっくりした小僧《こぞう》はふすまに足《あし》を①引《ひ》っ掛《か》けてしまい、おばあさんはその音《おと》に気《き》づき、こちらを②振《ふ》り向《む》きました。

すると、おばあさんはいつの間《ま》にか頭《あたま》には角《つの》が二本《にほん》出《で》ており、口《くち》は耳《みみ》まで裂《さ》け、さらに口《くち》からは③細長《ほそなが》い舌《した》を出《だ》していました。

「山姥《やまんば》だ。」と言《い》って小僧《こぞう》は逃《に》げようとしましたが、山姥《やまんば》は、「どこへ行《い》くんだい。」とさらに怖《こわ》い顔《かお》になりました。

「べ、便所《べんじょ》へ行《い》って、小便《しょうべん》を出《だ》したいだけだ。」と小僧《こぞう》はやっとの思《おも》いで言《い》いました。

しかし山姥《やまんば》は「ここから出《だ》すわけにはいかねえ。」と言《い》いながらこちらに近《ちか》づいてきました。

小僧《こぞう》はとにかく早《はや》く逃《に》げないと山姥《やまんば》に食《く》われてしまうと思《おも》い、「早《はや》く便所《べんじょ》へ行《い》かないとここで漏《も》らしてしまうぞ。」と必死《ひっし》になって言《い》いました。

◆字

① **引《ひ》っ掛《か》ける**：①掛著。②勾到、撞到突起物。③穿上、披上。④欺騙。⑤一口喝下。在此為②的意思。

② **振《ふ》り向《む》く**：①轉身回頭、回過頭。②回顧。在此為①的意思。

③ **細長《ほそなが》い**：細細長長的。

◆句

。**小便《しょうべん》を出《だ》す**：上小號。

大吃一驚的小沙彌，嚇得不小心踢到紙門，聽到聲音的老婆婆，把頭轉了過來。

定睛一看，老婆婆的頭上不知何時長出了兩隻角，張著裂到耳朵的大嘴，口中還吐出又細又長的舌頭。

小沙彌大叫：「是山姥！」接著打算逃跑，但山姥卻說：「你要去哪裡。」並且面孔變得更加猙獰。

小沙彌好不容易擠出一句：「我想去廁、廁所小便。」

但山姥卻一邊逼近小沙彌，一邊說道：「我不能讓你從這裡出去。」

小沙彌心想如果不趕快逃走，就會被山姥吃掉，所以拚命懇求：「不趕快讓我上廁所的話，我就要尿在這裡囉。」

「そこまで言《い》うなら、縄《なわ》で縛《しば》ってから行《い》け。」と山姥《やまんば》は小僧《こぞう》を縄《なわ》で①縛《しば》り、便所《べんじょ》に連《つ》れて行《い》きました。

小僧《こぞう》は縄《なわ》で縛《しば》られたまま便所《べんじょ》に入《はい》り、山姥《やまんば》は外《そと》で待《ま》っていました。

山姥《やまんば》は外《そと》で、「早《はや》くしろやい。」と叫《さけ》ぶので、小僧《こぞう》は：「まだ出《で》るだ、まだ出《で》るだ。」と言《い》いながら、和尚《おしょう》さんに貰《もら》ったお札《ふだ》を一枚《いちまい》②取《と》り出《だ》し、そのお札《ふだ》を縄《なわ》に縛《しば》り付《つ》け、「まだ出《で》るだ、まだ出《で》るだ、と言《い》え。」とお札《ふだ》に言《い》い、小僧《こぞう》は便所《べんじょ》の窓《まど》から③抜《ぬ》け出《だ》し逃《に》げました。

逃《に》げたことに気《き》づいていない山姥《やまんば》は外《そと》で、「まだ終《お》わらないのか？」と言《い》い、小僧《こぞう》を待《ま》っていました。

お札《ふだ》は、「まだ出《で》るだ、まだ出《で》るだ。」と言《い》いました。

「既然你都這麼説了，先讓我用繩子綁起來再去。」説完後，山姥用繩子把小沙彌綁起來，帶他去廁所。

小沙彌被繩子綁著進了廁所，山姥則留在外面等他。

聽到山姥在外面叫著：「快點上！」小沙彌嘴裡應著：「我還在上，我還在上。」邊拿出一張和尚給他的護身符，把它綁在繩子上，然後對著護身符説：「快説還在上，還在上。」接著，小沙彌就從廁所的窗子爬出去逃走了。

沒有發覺小沙彌已經逃走的山姥，在外面問著：「還沒好嗎？」繼續等著小沙彌。

護身符説：「還在上，還在上。」

◆ 字

① **縛《しば》る**：綁住。

② **取《と》り出《だ》す**：取出。

③ **抜《ぬ》け出《だ》す**：①溜出、逃出。②毛髮開始掉落。在此為①的意思。

◆ 句

○ **〜てから**：表示某一動作、活動之後。前接動詞連用形。

あまりにも遅《おそ》いので山姥《やまんば》は不思議《ふしぎ》に思《おも》い、便所《べんじょ》のドアを開《あ》けてみたら、お札《ふだ》が喋《しゃべ》っているではありませんか。

山姥《やまんば》は①怒《いか》り狂《くる》い、「あの小僧《こぞう》、騙《だま》しやがって。」とお札《ふだ》を破《やぶ》り捨《す》て、小僧《こぞう》を追《お》い掛《か》けました。

山姥《やまんば》はとても足《あし》が速《はや》く、小僧《こぞう》にもう少《すこ》しで追《お》いつきそうな時《とき》に、小僧《こぞう》はもう一枚《いちまい》のお札《ふだ》を出《だ》して、「大《おお》きな川《かわ》になれ。」と言《い》いました。

そうすると、そこには大《おお》きな大《おお》きな川《かわ》が瞬《また》く間《ま》にでき、山姥《やまんば》は川《かわ》に流《なが》されてしまいました。

「ざまあ見《み》やがれ。」と流《なが》されていく山姥《やまんば》を見《み》て小僧《こぞう》は言《い》い、逃《に》げて行《い》きました。

しかし、さすがの山姥《やまんば》は、近《ちか》くの岩山《いわやま》に②しがみ付《つ》き、それから川《かわ》の水《みず》を③がぶがぶ飲《の》み始《はじ》めました。

そして川《かわ》の水《みず》を全《すべ》て飲《の》み込《こ》んでしまい、川《かわ》はあっという間《ま》に無《な》くなってしまったのです。

◆字

① **怒《いか》り狂《くる》う**：十分生氣惱怒、大發雷霆。

② **しがみ付《つ》く**：緊緊抓住，摟住不放。

③ **がぶがぶ**：咕嚕咕嚕地（飲液態品時，如水、酒等。）

◆句

○ **あまりにも**：太過於～、很～。

○ **～やがって**：表示「做」，等同於「する」，帶有鄙視，臭罵的語氣。前接動詞連用形。

○ **ざまあ見《み》やがれ**：（諷刺）表示活該的意思。

因為小沙彌實在太慢了，山姥覺得很奇怪，打開廁所的門一看，發現講話的居然是護身符。

山姥氣得抓狂，大罵：「那個小沙彌居然敢騙我。」說完便撕破了護身符，出去追趕小沙彌了。

山姥的腳程非常快，就在快要追上小沙彌時，小沙彌又抽出一張護身符說：「變出一條大河。」

話一說完，眼前立刻出現一條大河，把山姥沖走了。

「你活該。」小沙彌看著被沖走的山姥吐出這句話後，便趕緊逃走了。

但山姥不愧有兩把刷子，她攀住了附近的岩石，接著咕嚕咕嚕地大口喝起河川的水。

然後她把河水全部喝光，所以大河一下子就消失了。

それから山姥《やまんば》はまた小僧《こぞう》を追《お》い掛《か》けました。

そして、また山姥《やまんば》がもう少《すこ》しで小僧《こぞう》に追《お》いつきそうになると、小僧《こぞう》は三枚目《さんまいめ》のお札《ふだ》を出《だ》し、「火《ひ》の海《うみ》になれ。」と言《い》いました。

そうすると、そこには①めらめらと大《おお》きな火《ひ》の②渦《うず》ができ、山姥《やまんば》を襲《おそ》いました。

③たちまち山姥《やまんば》は火《ひ》に囲《かこ》まれてしまい、④行《い》き場《ば》を失《うしな》ってしまいました。

すると、山姥《やまんば》は先《さき》ほど飲《の》み込《こ》んだ川《かわ》の水《みず》を吐《は》き出《だ》し、みるみる火《ひ》は消《き》えていきました。

それからまた小僧《こぞう》を追《お》い掛《か》け始《はじ》めました。

小僧《こぞう》はまた必死《ひっし》に逃《に》げ、⑤ようやく寺《てら》の近《ちか》くまで来《き》ました。

そしてお寺《てら》の戸《と》を開《あ》けようとしましたが、鍵《かぎ》がかけられていました。

之後，山姥再次上前追趕小沙彌。

眼看山姥只差一點就要追上小沙彌時，小沙彌抽出第三張護身符，嘴裡念著：「變出一片火海。」

話一說完，當場出現巨大的火焰漩渦，朝山姥襲去。

山姥馬上被火焰包圍，寸步難行。

於是，山姥吐出剛才喝下的河水，火焰便逐漸消失了。

接著，山姥又開始追趕小沙彌。

小沙彌還是死命地逃，總算好不容易跑到寺廟附近了。

但當他想打開寺廟的門時，門卻被鎖上了。

◆字

① **めらめら**：熊熊地燃燒貌。

② **渦《うず》**：漩渦。

③ **たちまち**：①立刻。②突然。
在此為①的意思。

④ **行《い》き場《ば》**：可以去的地方。

⑤ **ようやく**：終於。

◆句

○ **火《ひ》に囲《かこ》まれる**：被火包圍。

「和尚《おしょう》さん、今戻《いまもど》った。和尚《おしょう》さん、今戻《いまもど》った。」と、どんどんと①必死《ひっし》になって戸《と》を叩《たた》きましたが、和尚《おしょう》さんは②知《し》らん顔《かお》をしていて、中々戸《なかなかと》を開《あ》けてくれません。

「山姥《やまんば》が襲《おそ》ってくる。早《はや》く開《あ》けてくれ。」と泣《な》き叫《さけ》びましたが、和尚《おしょう》さんは、「あんな③悪戯《いたずら》小僧《こぞう》は一度《いちど》山姥《やまんば》に食《く》われた方《ほう》がいいじゃろ。」と中々戸《なかなかと》を開《あ》けてくれません。

「和尚《おしょう》さん、そんなこと言《い》わないで、開《あ》けてくれよ。」と小僧《こぞう》は和尚《おしょう》さんに泣《な》きながらお願《ねが》いしました。

「うるさい小僧《こぞう》じゃのう。今《いま》わしは餅《もち》を食《く》ってるんじゃ。」と言《い》い、全《まった》く戸《と》を開《あ》ける④様子《ようす》はありません。

◆字

①**必死《ひっし》に**：拚了命地。

②**知《し》らん顔《かお》**：裝做不知情的樣子。

③**悪戯《いたずら》**：惡作劇。

④**様子《ようす》**：①情形、情況。②樣子、姿態。③跡象、徵兆。在此為③的意思。

◆句

○**戸《と》を叩《たた》く**：敲門。

小沙彌咚咚地拚命敲門，大喊著：「師父，我回來了。師父，我回來了。」但是，和尚卻佯裝不知，遲遲不替他開門。

雖然小沙彌哭喊著：「山姥要來抓我了，快點幫我開門。」但和尚卻說：「這麼愛調皮搗蛋的小沙彌，不如被山姥吃掉才好呢！」還是遲遲不幫他開門。

小沙彌哭著向和尚哀求：「師父，別這麼說，幫我開開門呀。」

和尚卻回應：「這個小沙彌真是囉嗦。我現在在吃年糕呢！」完全沒有要幫他開門的跡象。

「もう今日《きょう》から良《い》い子《こ》になる。お寺《てら》の掃除《そうじ》も①一生懸命《いっしょうけんめい》やる。そして②立派《りっぱ》な和尚《おしょう》になる。だから開《あ》けてくれよ。」と小僧《こぞう》はお願《ねが》いしました。

すると、戸《と》が急《きゅう》に開《あ》き、和尚《おしょう》さんは小僧《こぞう》をお寺《てら》の中《なか》に居《い》れ、そして③ぴしゃりと戸《と》を閉《し》めました。

そして和尚《おしょう》さんは小僧《こぞう》を④壷《つぼ》の中《なか》に隠《かく》しました。

山姥《やまんば》はとうとう戸《と》の前《まえ》まで来《き》て、そして戸《と》を⑤打《う》ち破《やぶ》り、入《はい》ってきました。

「今《いま》、ここへ小僧《こぞう》が入《はい》ってこなかったか。小僧《こぞう》はどこに居《い》る?」

「小僧《こぞう》なんて来《き》てないわい。」

和尚《おしょう》さんはそう言《い》いながら餅《もち》を焼《や》いて食《た》べていました。

「嘘《うそ》言《い》うでない。小僧《こぞう》を出《だ》さないなら、和尚《おしょう》を先《さき》に食《く》うてしまうぞ。」

山姥《やまんば》は和尚《おしょう》に襲《おそ》いかかろうとしました。

於是小沙彌向和尚懇求：「我從今天起會當個好孩子。寺裡的掃除工作也會認真好好做，而且以後會當個好和尚。所以請幫我開門吧。」

話一説完，門就突然打開了；和尚把小沙彌帶進寺中，然後砰地一聲關上門。

接著，和尚把小沙彌藏在壺裡。

山姥終於來到門前，強行破門而入，進了寺廟。

「小沙彌剛才是不是進來了？他在哪裡？」

「才沒有什麼小沙彌來這裡呢。」

和尚邊説，邊烤年糕來吃。

「你可不能説謊話。如果不交出小沙彌，我就先把你給吃了。」

山姥一副準備襲擊和尚的模樣。

◆字

① **一生懸命《いっしょうけんめい》**：十分努力的、拚命的。

② **立派《りっぱ》**：①華麗、堂皇。②優秀、卓越。③充分。在此為②的意思。

③ **ぴしゃり**：①形容用力關上門、窗的聲音、碰然一聲。②形容用力敲打手掌的聲響、啪嚓一聲。③形容濺起水花的聲響。④形容固然不接受的樣子。⑤形容洽到好處。在此為①的意思。

④ **壷《つぼ》**：茶壺、罐子。

⑤ **打《う》ち破《やぶ》る**：打破。

「わしを食《く》うのか？だったらわしと①化《ば》け比《くら》べして、お前《まえ》さんが勝《か》ったら、わしを食《く》ってもよかろう。」と和尚《おしょう》さんは②提案《ていあん》しました。

すると山姥《やまんば》は山《やま》のように大《おお》きくなり、「どうだ、何《なん》にでも化《ば》けてやるぞ。」と和尚《おしょう》を上《うえ》から③睨《にら》み付《つ》けました。

和尚向山姥提議：「妳要吃我嗎？既然如此，妳就和我較量較量法術，如果妳贏了，就可以把我吃了。」

於是，山姥變得像山一樣龐大，從上方瞪著和尚，問他：「怎麼樣？不論要我變成什麼，我都能變出來。」

◆字

① **化《ば》け比《くら》べする**：法術比試。

② **提案《ていあん》する**：提議、提案。

③ **睨《にら》み付《つ》ける**：瞪著眼看。

「これは恐《おそ》ろしい。だが、①豆《まめ》つぶくらいに小《ちい》さくなることはさすがの山姥《やまんば》も無理《むり》じゃろ?」と和尚《おしょう》は言《い》いました。

「そんな簡単《かんたん》なこと。」と山姥《やまんば》はみるみると豆《まめ》つぶのように小《ちい》さくなっていきました。

すると、それを見《み》ていた和尚《おしょう》さんは、焼《や》けて熱《あつ》くなった餅《もち》を二《ふた》つに割《わ》って、その豆《まめ》つぶぐらいになった山姥《やまんば》を、餅《もち》の中《なか》に②挟《はさ》んでしまいました。

それから、自分《じぶん》の口《くち》の中《なか》へ放《ほう》り込《こ》んで、③むしゃむしゃ食《た》べてしまいました。

それからというもの、この辺《あた》りでは山姥《やまんば》が出《で》るという噂《うわさ》は無《な》くなりました。

そして小僧《こぞう》は立派《りっぱ》な和《お》尚《しょう》となっていったそうです。

◆字

① **豆《まめ》つぶ**:小豆子。

② **挟《はさ》む**:插在、夾在兩個物品之中。

③ **むしゃむしゃ**:①狼吞虎嚥地。②蓬亂地。在此為①的意思。

和尚說：「這可真可怕。但就算妳是山姥，妳也沒辦法變得像顆豆子那麼小吧？」

「根本易如反掌。」說完，山姥就愈變愈小，最後像顆豆子那麼小。

看到這副景象的和尚，把烤得熱騰騰的年糕掰成兩半，再把變成豆子大小的山姥夾在年糕裡。

接著，他把年糕放進自己的口中，狼吞虎嚥地吃下肚了。

從此之後，這一帶就再也沒有山姥出沒的傳聞了。

而且，據說小沙彌後來成為一位優秀的和尚。

三枚《さんまい》のお札《ふだ》

多虧了護身符，小和尚才得以逃離山姥的手掌心，免於被吃掉的命運。故事中的護身符（お札《ふだ》），其由來可以追溯到平安時代（西元七九四年～一一九二年），當時陰陽道《おんみょうどう》興盛，無論是看風水、測凶吉等生活大小事，大多都會向陰《おん》陽師《みょうじ》尋求意見和協助，此時陰陽師會視情況給予護符《ごふ》來幫助信眾驅趕災難，招來幸福。隨著陰陽道逐漸滲透於民間的同時，神社、神宮也開始陸續推出了お札《ふだ》。

陰陽師的護符《ごふ》與神社、神宮的お札《ふだ》，都是紙製的護身符，其差異除了宗教派系不同外，其樣式也是有所區別的。護符《ごふ》通常都是以特殊的文字構成，而お札《ふだ》上則多印有神像、神佛的法號。雖然兩者之間有這些差距，但都是用來提供信眾攜帶在身上，作為護身符使用的。但因為必須隨時配帶在身上才會具有效力，所以後來便發明了能將護符《ごふ》與お札《ふだ》收好的小錦囊，之後就逐漸形成為現今的御守（お守《まも》り）。

而怪談中小和尚所使用的お札《ふだ》，算是哪一類的護身符呢？就使用方法來看，應是比較類似於另一種的符咒，那就是陰陽師常用的式札《しきふだ》，即召喚式神《しきがみ》時使用的符咒，被召喚出來的式神會來替自己擋煞、解危。以最知名的陰陽師——安倍晴《あべのせい》明《めい》為例，他的式神為十二天将《じゅうにてんしょう》，安倍晴明靠著這些法力強大的式神們替朝廷出力，立下了不少的功勞。

鬼《おに》ムーチー

15 鬼《おに》ムーチー

昔《むかし》、大里《おおざと》という村《むら》がありました。その村《むら》にはお父《とう》さんとお母《かあ》さんを早《はや》く失《うしな》った、タルーという名前《なまえ》の大変大《たいへんおお》きな身体《からだ》で優《やさ》しい兄《あに》とウターという名前《なまえ》のとても可愛《かわい》らしい妹《いもうと》の二人兄弟《ふたりきょうだい》が住《す》んでいました。

妹《いもうと》のウターはとても①兄思《あにおも》いで、「にーにー、隣《となり》のおばあから、たっくさんの芋《いも》を貰《もら》ってきたよ。」と兄《あに》の②好物《こうぶつ》をよく貰《もら》ってきていました。

兄《あに》のタルーも、「手《て》が空《あ》いたから、畑《はたけ》を手伝《てつだ》いましょうか。」と同《おな》じ村《むら》の人《ひと》の③畑仕事《はたけしごと》を手伝《てつだ》う等《など》していたので、この二人兄弟《ふたりきょうだい》は村中《むらじゅう》からとても仲《なか》が良《よ》く④思《おも》いやりのある兄弟《きょうだい》だと⑤感心《かんしん》されていました。

そして兄《あに》は身体《からだ》も大《おお》きく⑥力持《ちからも》ちということもあり、村人達《むらびとたち》から頼《たよ》りにされるようになり、畑仕事《はたけしごと》だけではなく、家《いえ》の修理《しゅうり》や⑦井戸掘《いどほ》り等《など》、たくさんの仕事《しごと》を頼《たの》まれるようになりました。

それでも兄《あに》は嫌《いや》な顔一《かおひと》つせず、朝《あさ》から晩《ばん》まで一生懸命働《いっしょうけんめいはたら》きました。

◆字

① **兄思《あにおも》い**：很為哥哥著想的（妹妹或弟弟）。
② **好物《こうぶつ》**：喜歡的事物或食物。
③ **畑仕事《はたけしごと》**：農事的工作。
④ **思《おも》いやり**：貼心、替人著想。
⑤ **感心《かんしん》する**：感到欽佩、感動。
⑥ **力持《ちからも》ち**：很有力氣的、力量很大的。
⑦ **井戸掘《いどほ》り**：挖掘水井。

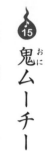

16 鬼餅

很久以前，有一座名叫大里的村子。那座村子裡住著一對從小就失去父母親的兄妹。哥哥的名字是達魯，身材非常高大，個性很溫柔；妹妹名字叫烏達，長得非常可愛。

妹妹很敬愛哥哥，時常帶哥哥愛吃的東西來：「哥～哥～，隔壁的婆婆給了我們很多芋頭喔！」

哥哥達魯也會主動對同村的人表示：「我現在有空，來幫你種田吧！」因此，這兩兄妹之間深厚的手足之情，以及細心體貼的個性讓全村的人都為之欽佩。

而且，也因為哥哥的身材高大，力氣十足，於是他成為村人們仰賴的對象，不單是農事，還會被託付許多工作，像是修補房子和挖井等。

儘管如此，哥哥卻從不露出厭煩的表情，從早到晚都很努力地工作。

◆句

○**手《て》が空《あ》いている**：有空閒。

○**頼《たよ》りにされる**：被依靠。

○**～ようになる**：變得～、逐漸～，表示動作、事態的變化。

ウターは①年頃《としごろ》になると、隣村《となりむら》の人《ひと》の所《ところ》へ嫁《とつ》いでいきました。

ウターは一人《ひとり》っきりになるタルーを心配《しんぱい》しましたが、兄《あに》はウターが嫁《とつ》ぐことを自分《じぶん》のことのように喜《よろこ》んでくれましたので、ウターは安心《あんしん》して隣《となり》村《むら》へ②引《ひ》っ越《こ》していきました。

それから数日《すうじつ》経《た》った日《ひ》のことです。

夜中《よなか》に、③ドスン、ドスンという音《おと》が村中《むらじゅう》に④鳴《な》り響《ひび》きました。

そして、家畜《かちく》の羊《ひつじ》や豚《ぶた》の泣《な》き叫《さけ》ぶ声《こえ》も聞《き》こえてきました。

何事《なにごと》かと村人達《むらびとたち》が目《め》を覚《さ》まし、外《そと》を見《み》ると、そこでは大《おお》きな大《おお》きな鬼《おに》が家畜《かちく》を食《た》べていました。

而烏達成為一位妙齡少女後，就嫁到鄰村的某戶人家。

烏達雖然放心不下孤身一人的達魯，但看到哥哥達魯感同身受地替自己的出嫁感到開心，所以烏達也放心地搬到鄰村了。

之後過了幾天。

砰、砰，有如重物墜地的聲音在半夜響遍了全村。

接著，也傳來了羊和豬等家畜的啼哭聲。

不曉得發生什麼事的村人們清醒過來，往外一探，看到有隻巨大的惡鬼正在吃家畜。

◆字

① **年頃《としごろ》**：①從外表看大概年齡。②適婚年齡。在此為②的意思。

② **引《ひ》っ越《こ》す**：搬家。

③ **ドスン**：形容很大的聲響、撞擊聲。

④ **鳴《な》り響《ひび》く**：響徹雲霄。

その姿《すがた》を見《み》た村人達《むらびとたち》は①仰天《ぎょうてん》し、一目散《いちもくさん》に逃《に》げていきました。

朝《あさ》になって村《むら》に戻《もど》ってみると、見《み》るも無残《むざん》に食《た》べられた家畜《かちく》の②残骸《ざんがい》が残《のこ》っていました。

それからというもの、毎晩毎晩《まいばんまいばん》鬼《おに》が現《あらわ》れでは、家畜《かちく》を盗《ぬす》んで食《た》べていくようになりました。

看到這副景象的村人們大驚失色，馬上拔腿就跑。

到了早上，回到村裡一看，滿地都是吃剩的家畜殘骸，相當慘不忍睹。

從此之後，惡鬼每晚都會現身，把家畜偷走吃掉。

◆字

① **仰天《ぎょうてん》する**：驚訝至極。

② **残骸《ざんがい》**：①戰爭或災難後，殘留下來的屍體。②被破壞而失去原型的物品。在此為①的意思。

◆句

○**ては**：①如果……就……。②每逢……就……。在此為②的意思。前接活用語連用形，其中接在な行、ま行、が行、ば行，五段動詞下面時會發生音便，即ては變成では。

そして①とうとう村中《むらじゅう》の家畜《かちく》が食《た》べられてしまい、次第《しだい》に逃《に》げ遅《おく》れた老人《ろうじん》や子供《こども》たちまでも襲《おそ》われるようになりました。

「このままでは村《むら》が②滅茶苦茶《めちゃくちゃ》にされてしまう。あの大《おお》きな身体《からだ》のタルーなら鬼《おに》を追《お》い払《はら》うことができるかもしれんが、タルーは一体何《いったいなに》をしておるんじゃ。」

「タルーなら間違《まちが》いなく鬼《おに》を追《お》い払《はら》ってくれるだろうが、最近《さいきん》は見《み》ないのう。畑仕事《はたけしごと》にも姿《すがた》を見《み》せないし。」と、今回《こんかい》もタルーを頼《たよ》りにしようと村人達《むらびとたち》は思《おも》いましたが、タルーの姿《すがた》が③見当《みあ》たりません。

この噂《うわさ》はたちまち隣村《となりむら》まで広《ひろ》まり、そしてウターの耳《みみ》にも入《はい》るようになりました。心配《しんぱい》になったウターはすぐに村《むら》に戻《もど》りました。

ウターは兄《あに》がどこに行《い》ったのか心配《しんぱい》になり、もしかして鬼《おに》に食《た》べられてしまったのかとも思《おも》いましたが、あんなに身体《からだ》の大《おお》きな兄《あに》が簡単《かんたん》に食《た》べられるわけはないと探《さが》し続《つづ》けました。

過了一段時間，村中的家畜都被吃光了，於是惡鬼開始襲擊來不及逃跑的老人和小孩子們。

「再這樣下去，村子會被搞得天翻地覆的。那個身材高大的達魯，說不定有辦法趕走惡鬼，但是他現在到底在幹什麼呢？」

「如果讓達魯來，他一定可以幫我們趕走惡鬼，可是最近都不見他的人影。下田的時候也都沒看到他。」村人們雖然這次也想拜託達魯出馬，但是四處都找不到他的蹤影。

這個傳聞立刻散播開來，甚至傳到鄰村，也傳入烏達的耳中了。

滿心憂慮的烏達立刻回到村裡。

烏達很擔心，不知道哥哥跑到哪裡去了，也曾猜想哥哥是不是被惡鬼吃掉了，但是身材那麼壯碩的哥哥，絕不可能如此輕易地被惡鬼吃掉的，所以烏達還是不停地尋找哥哥的下落。

◆字

① **とうとう**：終於、終究。

② **滅茶苦茶**《めちゃくちゃ》：亂七八糟、混亂。

③ **見当《みあ》たる**：找到、看到。

◆句

○ **姿《すがた》を見《み》せる**：現身。

○ **耳《みみ》に入《はい》る**：傳到耳裡。

○ **わけはない**：沒有理由、不合道理、不可能。

そして夜《よる》になり、また鬼《おに》が現《あらわ》れました。

ドスン、ドスン。ウターが家《いえ》に隠《かく》れ、そっと鬼《おに》を見《み》ると、そこには確《たし》かに大《おお》きな身体《からだ》をした鬼《おに》が居《い》ました。鬼《おに》をよく見《み》ると、どこか兄《あに》の①面影《おもかげ》があるように妹《いもうと》のウターには感《かん》じられました。

まさかとは思《おも》いましたが、鬼《おに》が現《あらわ》れたと同時《どうじ》に兄《あに》の姿《すがた》が見《み》えなくなったことを考《かんが》えると、鬼《おに》が兄《あに》であるしか考《かんが》えられなくなりました。

しかし、あまりにも恐《おそ》ろしく、また②ショックだったので、鬼《おに》に声《こえ》をかけることはできませんでした。

そして次第《しだい》に鬼《おに》は村《むら》でますます多《おお》くの悪《わる》さをするようになっていきました。

「あんなに優《やさ》しくて思《おも》いやりのあるにーにーだったのに……。」とウターは悲《かな》しみましたが、ウターは「一度《いちど》確《たし》かめに行《い》こう。そして妹《いもうと》である私《わたし》が村《むら》の人達《ひとたち》の為《ため》に、にーにーの責任《せきにん》を取《と》る。」と決《き》めました。

接著，夜晚來臨，惡鬼又出現了。

砰、砰！烏達躲在家裡，悄悄地朝惡鬼望去，那裡的確有一隻體格龐大的惡鬼。仔細一看，做妹妹的烏達卻覺得惡鬼的模樣頗有幾分哥哥的影子。

雖然她心裡覺得不可能，但是想到當惡鬼出現後，哥哥也同時不見蹤影，所以也不得不猜想惡鬼就是哥哥了。

但是，這個想法實在太過駭人，而且對烏達來說是個打擊，所以烏達一直沒辦法向惡鬼搭話。

之後，惡鬼在村中做的壞事也逐漸變多了。

「原本那麼溫柔體貼的哥哥……。」烏達難過地說著。但烏達最後下定決心：「我還是去確認一次吧。還有，為了村裡的人們，身為妹妹的我得替哥哥負起這個責任。」

◆字

①面影《おもかげ》：樣貌、模樣。

②ショック：驚嚇、打擊。

◆句

○～しか～ない：只有。

○あまりにも恐《おそ》ろしい：非常恐怖、太恐怖了。

○悪《わる》さをする：做壞事、做不好的事。

○責任《せきにん》を取《と》る：負起責任。

それと同時《どうじ》にウターは兄《あに》の大好物《だいこうぶつ》のムーチーを思《おも》い出《だ》しました。

「にーにーだったら大好物《だいこうぶつ》のムーチーに①飛《と》びつくはずだ。」と、台所《だいどころ》へ行《い》き、鍋《なべ》いっぱいにお餅《もち》を②ふかしました。

それから兄《あに》が使《つか》っていた③大鉈《おおなた》を使《つか》い、瓦《かわら》を④こなごなに割《わ》りました。

そのこなごなになった瓦《かわら》をお餅《もち》の中《なか》に⑤練《ね》り込《こ》みました。

そしてそれを隠《かく》す為《ため》に、濃《こ》い香《かお》りがする月桃《げっとう》の葉《は》に包《つつ》みました。

たくさんのムーチーを作《つく》り、ざるに入《い》れて、鬼《おに》が居《い》る洞窟《どうくつ》に向《む》かいました。

洞窟《どうくつ》に着《つ》いた時《とき》には夜《よる》になり、周《まわ》りは真《ま》っ暗《くら》で歩《ある》くのも精一杯《せいいっぱい》な程《ほど》でした。

そして洞窟《どうくつ》の中《なか》に向《む》かって、「にーにー。」と叫《さけ》びました。

しばらくすると、「だーれーだー?」と大《おお》きな声《こえ》が聞《き》こえてきました。

◆字

① **飛《と》びつく**：飛奔而來。

② **ふかす**：蒸煮。

③ **大鉈《おおなた》**：很厚的大刀。

④ **こなごな**：粉碎的、碎末狀的。

⑤ **練《ね》り込《こ》む**：把～搓揉進去、熬練進去。

◆句

○ **～香《かお》りがする**：有……的香味。

○ **～に向《む》かう**：①朝著……而去。②面向。③接近……。在此為①的意思。

同時，她也想起哥哥最愛吃的鬼餅。

「如果他真的是哥哥，看到最喜歡的鬼餅應該會飛奔過來吧。」於是，烏達走到廚房，蒸了一整鍋的麻糬。

接著，她用哥哥以前使用的大刀，把瓦片剁個粉碎。

她把那些剁得粉碎的瓦片摻進麻糬之中。

為了不被發現，她用香味濃郁的月桃葉把麻糬包了起來。

她做了很多鬼餅，將鬼餅放進竹簍後，朝著惡鬼住的洞窟出發了。

她抵達洞窟時已經是晚上了，周圍一片漆黑，連走路也得費盡全力。

她對著洞窟裡面大喊：「哥～哥～」

過了一會，從裡面傳出響亮的聲音：「是～誰～啊？」

やがて洞窟《どうくつ》の中《なか》から①のっそりのっそりと大《おお》きな黒《くろ》い塊《かたまり》のようなものが出《で》てきました。

ウターがそれを恐《おそ》る恐《おそ》る見上《みあ》げると、そこには髪《かみ》も髭《ひげ》も②ぼーぼーに伸《の》び、目《め》は赤《あか》く③腫《は》れ上《あ》がり、口《くち》には牙《きば》が生《は》え、頭《あたま》には角《つの》が二《ふた》つ生《は》えた鬼《おに》がいました。

そしてそれは恐《おそ》ろしい形相《ぎょうそう》をして、ウターを④見下《みお》ろしていました。

やはり、兄《あに》が鬼《おに》になってしまっていたのです。

「ウターか？⑤久《ひさ》しぶりだなー。洞窟《どうくつ》の中《なか》へ入《はい》れ。ちょうど腹《はら》が減《へ》ってたんだ。」と言《い》うと同時《どうじ》にウターの腕《うで》を⑥引《ひ》っ張《ば》り、洞窟《どうくつ》の中《なか》に⑦引《ひ》きずり込《こ》みました。

◆字

① **のっそり**：動作遲鈍地。

② **ぼーぼー**：形容劇烈、茂盛的意思。

③ **腫《は》れ上《あ》がる**：腫起來。

④ **見下《みお》ろす**：①由上往下看。②藐視他人。在此為①的意思。

⑤ **久《ひさ》しぶり**：好久不見。

⑥ **引《ひ》っ張《ば》る**：①強拉著。②伸長、拉長。在此為①的意思。

⑦ **引《ひ》きずり込《こ》む**：①拉進、拖入。②強迫人參加。③以違法的手段強取他人物品。在此為①的意思。

◆句

○ **牙《きば》が生《は》える**：長出獠牙。

沒多久，有一大團黑色的東西慢吞吞地從洞窟裡走出來。

烏達提心吊膽地抬頭一看，看到了長得好長好長的頭髮和鬍鬚，以及又紅又腫的眼睛，口中長著獠牙，頭上還生了兩隻角。

而且，他還露出猙獰的面貌俯視著烏達。

果然，哥哥真的變成惡鬼了。

「這不是烏達嗎？好久不見了。妳趕快進來洞窟吧。我剛好肚子餓了呢。」惡鬼說完的同時抓住了烏達的手臂，把她拖進洞窟裡。

洞窟《どうくつ》の中《なか》には、牛《うし》や羊等《ひつじなど》の骨《ほね》が①散《ち》らばっていました。

そして洞窟《どうくつ》の奥《おく》まで連《つ》れて行《い》かれると、「さて、いったい何《なん》の用《よう》でここまで来《き》た？俺《おれ》に何《なん》の用《よう》だ？」と鬼《おに》は②相変《あいか》わらず恐《おそ》ろしい形相《ぎょうそう》で言《い》いました。

ウターは恐《おそ》ろしさのあまりすぐには声《こえ》が出《で》ませんでしたが、鬼《おに》がずっとウターを見《み》ていたので、やっとの思《おも》いで、「今日《きょう》はにーにーの大好物《だいこうぶつ》のムーチーを持《も》ってきたよ。たっくさん作《つく》ったから食《た》べてもらおうと思《おも》って、持《も》ってきたわけさ。」

「ムーチーか。俺《おれ》の大好物《だいこうぶつ》さー。早《はや》く出《だ》せや。」

「ここには無《な》いよ。綺麗《きれい》な海《うみ》を眺《なが》めながら一緒《いっしょ》に食《た》べようと思《おも》って、向《む》こうの岬《みさき》に置《お》いてきたさ。」

「景色《けしき》なんてどうでもいいわ。さっさとムーチーのある所《ところ》へ連《つ》れて行《い》けや。」と、鬼《おに》はウターの後《うし》ろをのっそのっそと付《つ》いて行《い》きました。

洞窟裡，散佈著牛和羊等動物的骨頭。

而烏達就這樣被帶進洞窟深處，惡鬼一臉猙獰地開口問她：「妳是為了什麼事跑到這裡來？妳找我有什麼事？」

烏達因為太過恐懼，根本發不出聲音來，但是惡鬼一直看著她，她才好不容易回答道：「我今天帶了哥哥你最喜歡吃的鬼餅喲。我做了很多，也想讓你嚐嚐，所以才會過來這裡。」

「鬼餅嗎？那是我最愛吃的東西了。妳還不趕快拿出來。」

「我現在身上沒有啦。我原本打算要和你一起一邊看著美麗的大海一邊吃，所以我先放在對面的岬角了。」

「風景什麼的根本不重要。妳趕快帶我去有鬼餅的地方吧。」惡鬼說完後，便慢吞吞地跟在烏達後面一起走了。

◆**字**

① **散《ち》らばる**：①各奔東西、四處分散。②散亂一地、雜亂。在此為②的意思。

② **相《あい》変《か》わらず**：照舊、仍舊、不變。

◆**句**

○ **恐《おそ》ろしさのあまり**：太過於害怕、太過於驚嚇。

○ **どうでもいい**：怎樣都可以。（表示不在意）

そして岬《みさき》に着《つ》いて、鬼《おに》は待《ま》ちきれずに、「ムーチーはどこさ？早《はや》く①食《く》わせろ。」と大《おお》きな手《て》をウターの前《まえ》に出《だ》しました。

「は、はい。ちょっと待《ま》っててよ。」と、ウターはざるにいっぱいのムーチーを差《さ》し出《だ》しました。

鬼《おに》はざるに入《はい》っているムーチーを②鷲掴《わしづか》みにし、そのまま大《おお》きな口《くち》へ③放《ほう》り込《こ》みました。

最初《さいしょ》は美味《おい》しそうに食《た》べていましたが、やがて、「いてぇ、いてぇ。」と叫《さけ》び始《はじ》めました。

ムーチーに練《ね》り込《こ》まれた瓦《かわら》の④破片《はへん》が鬼《おに》の喉《のど》や口《くち》に突《つ》き刺《さ》さり、激《はげ》しい痛《いた》みが鬼《おに》を襲《おそ》いました。

それを見《み》たウターは、とても悲《かな》しくなりました。そして助《たす》けてあげたい気持《きも》ちになりました。

◆字

① **食《く》わせる**：①讓我吃。②撫養。在此為①的意思。

② **鷲掴《わしづか》み**：①像鵰再狩獵時，將獵物猛然抓起的模樣，表示大把抓起。②捕撈貝類的器具。在此為①的意思。

③ **放《ほう》り込《こ》む**：投入、放入。

④ **破片《はへん》**：碎片。

◆句

○ **待《ま》ちきれず**：等不及。

到了岬角之後，惡鬼迫不及待地問烏達：「鬼餅在哪裡？快點給我吃。」說完，便在烏達面前伸出他的大手。

烏達回應著說：「好、好，你等一下唷。」烏達將裝滿鬼餅的竹簍交給了惡鬼。

惡鬼一把抓起裝在竹簍裡的鬼餅，直接往他的大嘴裡塞。

他一開始還吃得津津有味，但沒多久便開始大叫：「好痛、好痛。」

摻進鬼餅裡的磚瓦碎片刺破了惡鬼的喉嚨和嘴巴，讓他感到一陣劇痛。

看到這副景象的烏達，心裡覺得非常悲傷。並且萌生了想要救哥哥的想法。

しかし①チャンスは今《いま》しかありません。

そしてウターは鬼《おに》の背中《せなか》を力一杯《ちからいっぱい》押《お》しました。

鬼《おに》は海《うみ》の中《なか》へ落《お》ちていきました。

鬼《おに》は海《うみ》の中《なか》へ消《き》え、そして浮《う》かび上《あ》がってくることはありませんでした。

ウターは暫《しばら》く海《うみ》を見続《みつづ》け、大粒《おおつぶ》の涙《なみだ》を流《なが》し、そして朝《あさ》まで泣《な》き続《つづ》けました。

その日《ひ》は②旧暦《きゅうれき》の十二月八日《じゅうにがつようか》だったことから、その日《ひ》を③厄払《やくばら》いの日《ひ》として、今《いま》でも月桃《げっとう》の葉《は》でムーチーを作《つく》り、安全《あんぜん》と健康《けんこう》を④祈《いの》るようになりました。

但是，現在是唯一可以幫助村子的機會。

於是，烏達用盡全身的力量推了惡鬼的背。

惡鬼就這樣掉進了海裡。

惡鬼消失在大海之中，之後就再也沒有浮上來了。

烏達望著大海好一段時間，流下了大顆的淚珠，一直哭到早上。

因為那天是農曆的十二月八日，所以將這天作為驅凶避邪之日，直到現在，人們還會用月桃葉製作鬼餅，來祈求平安和健康。

◆字

① **チャンス**：機會、時機。

② **旧暦《きゅうれき》**：農曆。

③ **厄払《やくばら》い**：消災解厄、驅凶避邪。

④ **祈《いの》る**：祈求。

鬼《おに》ムーチー

鬼餅的製作方式

鬼餅是日本沖繩的傳統甜點之一，就像怪談中提到，現在只要到了農曆十二月八日大家都會吃鬼餅，來祈求平安與長壽。而鬼餅到底有什麼樣的滋味，讓惡鬼都抵擋不了呢？讓我們一起動手做做看！

需要材料

糯米粉 ----------------------1kg
黑砂糖 --------------------260g
水 -------------------------750cc
月桃葉 --------------- 約 20 片
（以上為五人份）

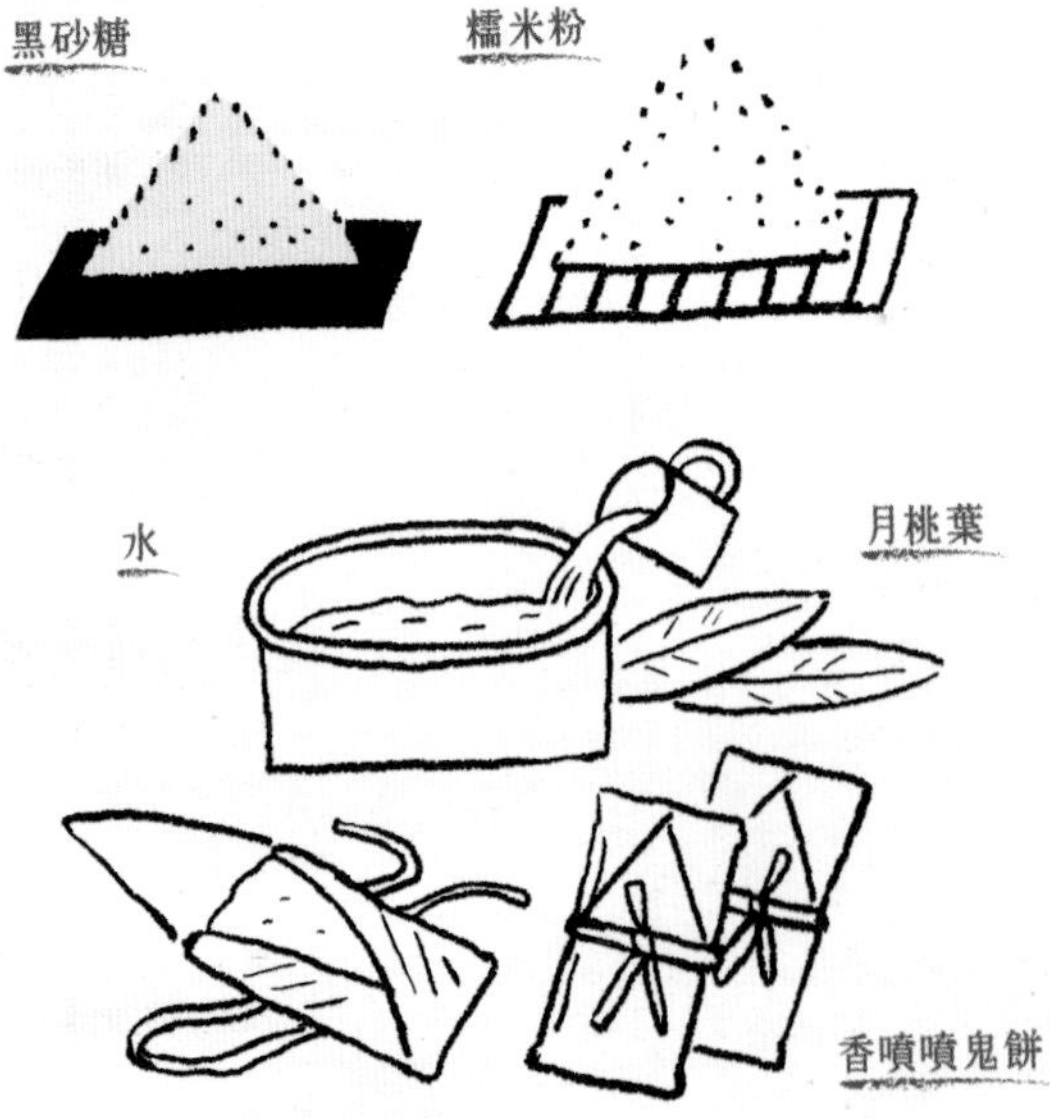

做法

㊀、將糯米粉與黑砂糖一起攪拌，接著將 750cc 的水分次加入，用手揉捏。
㊁、大約揉到如耳垂般的軟度後，用保鮮膜或是濕布包好後靜置 30 分鐘。
㊂、將糯米糰各分為 100g，捏成扁狀方型後，放在月桃葉的內側並包起來。
㊃、用繩子綁好之後，蒸煮約 30 分鐘就大功告成！

おいてけ堀《ぼり》

17 おいてけ堀《ぼり》

昔々《むかしむかし》、江戸《えど》の町《まち》のお①堀《ほり》においてけ堀《ぼり》と呼《よ》ばれるお堀《ほり》がありました。そのお堀《ほり》には水《みず》を②寄《よ》せ合《あ》う③淀《よど》みがあり、その淀《よど》みには夕暮《ゆうぐ》れ時《どき》には鯉《こい》や鮒《ふな》がそれはそれはたくさん集《あつ》まってきていました。

そこに釣《つ》り糸《いと》を垂《た》らせば、いくらでも魚《さかな》が釣《つ》れました。

ところが、鯉《こい》や鮒《ふな》を釣《つ》って帰《かえ》ろうとすると、お堀《ほり》の水《みず》の中《なか》から不気味《ぶきみ》な声《こえ》で「おいてけ～、おいてけ～」と言《い》う声《こえ》が聞《き》こえてくるのでした。

それでも魚《さかな》を持《も》って帰《かえ》ろうとすると、その声《こえ》は段々《だんだん》と大《おお》きくなり、④ついには辺《あた》りに響《ひび》き渡《わた》る大声《おおごえ》になりました。

⑤大抵《たいてい》の人《ひと》は釣《つ》った魚《さかな》も釣《つ》り竿《ざお》も⑥ほっぽり出《だ》し、逃《に》げて来《き》てしまいました。

そんなことが⑦度重《たびかさ》なって、人々《ひとびと》はこのお堀《ほり》のことをおいてけ堀《ぼり》と呼《よ》ぶようになり、誰《だれ》も寄《よ》り付《つ》かなくなりました。

◆字

① **堀《ほり》**：溝渠。

② **寄《よ》せ合《あ》う**：互相靠在一起。

③ **淀《よど》み**：①（河川、湖泊等的）淤積處。②不流暢。③沉澱物。在此為①的意思。

④ **ついに**：最終、終於、終究。

⑤ **大抵《たいてい》**：①大致上、一般。②適當地。③大概、也許。在此為①的意思。

⑥ **ほっぽり出《だ》す**：猛然扔下、丟下。

⑦ **度重《たびかさ》なる**：重複、屢次。

18 置行堀

很久很久以前，江戶街道的護城河上有一條名叫置行堀的溝渠。那條溝渠是水流匯集的滯留之處，每到傍晚時分，就會聚集很多鯉魚和鯽魚。

只要在那裡放下魚線，無論要多少條魚都能釣得到。

但要是當釣客打算把釣到的鯉魚或鯽魚帶走時，溝渠的水裡就會傳出可怕的聲音：「放下再走～放下再走！」

即使如此，如果還是執意要把魚帶走的話，那股聲音就會逐漸變大，最後大到響遍四周。

大部分的人都會把釣到的魚和釣竿隨便一扔，然後逃之夭夭。

因為這樣的事情一再發生，所以人們開始把那條溝渠稱為置行堀，再也沒有人靠近。

句

○ **釣《つ》り糸《いと》を垂《た》らす**：垂下釣魚線。

○ **いくらでも**：無論多少。（形容很多的意思）

ところが、ある所《ところ》に、なんとも気《き》の強《つよ》い魚屋《さかなや》の主人《しゅじん》がいました。

この噂《うわさ》を①聞《き》きつけた魚屋《さかなや》の主人《しゅじん》は、「そんな物《もの》が怖《こわ》くて魚屋《さかなや》が出《で》来《き》るけえ。」と威勢《いせい》の良《い》い啖呵《たんか》をきり、女房《にょうぼう》が止《と》めるのも聞《き》かず、そのお堀《ほり》に②天秤棒《てんびんぼう》を持《も》って③ねじり鉢巻《はちまき》を巻《ま》いて④勇《いさ》んで出掛《でか》けていきました。

さて、釣《つ》りを始《はじ》めたご主人《しゅじん》がそのお堀《ほり》に釣《つ》り糸《いと》を垂《た》らすと、⑤噂通《うわさどお》り⑥数《かぞ》え切《き》れない程《ほど》の魚《さかな》が⑦わんさか釣《つ》れました。

ご主人《しゅじん》は⑧上機嫌《じょうきげん》になりました。

釣《つ》りに夢中《むちゅう》になっていると、やがて周囲《しゅうい》は段々《だんだん》と暗《くら》さを増《ま》し、冷《つめ》たい風《かぜ》も吹《ふ》いてきました。

しかし、早《はや》く帰《かえ》ればいいものを、ご主人《しゅじん》は後《あと》で仲間《なかま》や女房《にょうぼう》に自分《じぶん》の肝《きも》が据《す》わっていることを自慢《じまん》する為《ため》に早《はや》く帰《かえ》りたい気持《きも》ちを抑《おさ》え、無理《むり》に煙草《たばこ》を吸《す》って⑨一服《いっぷく》しました。

◆字

① **聞《き》きつける**：①（偶然）聽到、聽聞。②聽習慣了。在此為①的意思。

② **天秤棒《てんびんぼう》**：扁擔。

③ **ねじり鉢巻《はちまき》**：綁在頭上的細長毛巾，或泛指把毛巾綁在頭上。（日本文化的一種。表示團體的精神統一或增強氣勢信心的意思。）

④ **勇《いさ》む**：①提振精神、鼓起勇氣。②充滿鬥志。在此為②的意思。

⑤ **噂通《うわさどお》り**：如傳聞所言。

⑥ **数《かぞ》え切《き》れない**：數不清，形容數量很多。

⑦ **わんさか**：①形容擁擠、蜂擁而來。②形容數量很多。在此為②的意思。

不過，在某個地方有一位個性非常強悍的魚店老闆。

偶然得知這件傳聞的他，魄力十足地大罵：「如果我會怕這種東西，還開什麼魚店。」他不顧妻子的阻止，帶著扁擔，在額頭綁上頭巾，意氣風發地前往那條溝渠了。

話說，開始釣魚的魚店老闆，一把釣魚線放入溝渠後，便如傳聞所說，他釣到了很多魚，多到數也數不清。

魚店老闆的心情變得非常好。

他釣得渾然忘我，不久後周圍逐漸變暗，同時也吹起了冷風。

雖然魚店老闆也知道早點回去比較好，但是他為了之後向夥伴和妻子誇耀自己的膽量，所以壓抑了想早點回去的心情，勉強抽了一根菸，休息了一會。

---

⑧ **上機嫌《じょうきげん》**：心情很好、很開心。

⑨ **一服《いっぷく》する**：①喝一杯茶或抽一根菸的時間。②休息一下。在此為②的意思。

◆ **句**

○ **気《き》の強《つよ》い**：個性好強的、膽子很大的。

○ **威勢《いせい》のいい**：有精神的、有魄力的。

○ **啖呵《たんか》をきる**：牙尖嘴利的痛斥、大罵。

○ **ものを**：可是……、明明……。前多接用言終止形。

煙草《たばこ》を①早々《そうそう》に吸《す》い、②いよいよ帰《かえ》ろうと③立《た》ち上《あ》がったところ、「おいてけ～」と案《あん》の定《じょう》不気味《ぶきみ》な声《こえ》が聞《き》こえてきました。

ご主人《しゅじん》は耳《みみ》を塞《ふさ》ぎ、「つ、釣《つ》った魚《さかな》をおいていけるけえ。」と啖呵《たんか》をきり、そのまま走《はし》って逃《に》げ、声《こえ》が聞《き》こえない所《ところ》まで来《き》ました。

そして少《すこ》し休憩《きゅうけい》をしていると、カランコロンと何《なに》やら下駄《げた》のような音《おと》が聞《き》こえてきました。④身構《みがま》えたご主人《しゅじん》の前《まえ》に現《あらわ》れたのは色《いろ》も透《す》き通《とお》る様《よう》な美人《びじん》でした。その美人《びじん》は、「その魚《さかな》を売《う》ってくださいな。」と言《い》いました。

しかしご主人《しゅじん》は、「皆《みな》に見《み》せるまでは誰《だれ》にも売《う》らねぇ。」と⑤言《い》い張《は》りました。

女《おんな》が、「どうしても売《う》ってくれないのかえ？」と言《い》ったので、ご主《しゅ》人《じん》は、「売《う》らねえって言《い》ったら売《う》らねえ。」と、怒鳴《どな》りました。

◆字

① **早々《そうそう》**：①急忙。②剛剛……立刻就……。在此為①的意思。

② **いよいよ**：①愈來愈～。②終於、到底。③果真。在此為②的意思。

③ **立《た》ち上《あ》がる**：①站起來。②向上升起（煙等）。③著手進行。在此為①的意思。

④ **身構《みがま》える**：（敵對的）架式、姿態。

⑤ **言《い》い張《は》る**：堅持著自己的説法。

◆句

○ **耳《みみ》を塞《ふさ》ぐ**：塞住耳朵。

○ **色《いろ》も透《す》き通《とお》る**：皮膚的顏色呈現透明感，形容膚質明亮透徹。

他急忙地抽完菸，準備起身要回去時，果然聽見了傳說中的恐怖聲音：「放下再走～」

魚店老闆塞住了耳朵，破口大罵：「釣到的魚怎麼能放回去！」接著轉身逃跑，跑到聽不到聲音的地方。

接著，他休息了一會兒，卻聽到像是穿木屐走路的喀拉喀拉聲響。擺出防衛姿勢的魚店老闆面前，出現了一位膚色透白的美人。那位美人說：「請把那些魚賣給我吧。」

但是魚店老闆堅持地說：「讓大家看到之前，我誰也不賣。」

女子又再次地問他：「不管怎麼樣都不肯賣給我嗎？」魚店老闆聽了很生氣，大聲咆哮說：「我說過不賣就是不賣。」

すると女《おんな》が、「これでもかえ？」と言《い》って顔《かお》を①撫《な》でると、何《なん》とその女《おんな》の顔《かお》は②のっぺらぼうになっていました。

驚《おどろ》いたご主人《しゅじん》は天秤棒《てんびんぼう》を投《な》げ出《だ》して逃《に》げていきました。

於是，女子開口：「這樣也不賣？」接著摸了摸臉龐，結果，女子的臉竟然跟野箆坊一樣都沒有五官！

驚慌失色的魚店老闆，連忙扔出扁擔逃走了。

◆字

① **撫《な》でる**：①撫摸。②梳整。
在此為①的意思。

② **のっぺらぼう**：沒有眼睛、鼻子、嘴巴的怪物，又稱野箆坊。

そしてようやく①辿《たど》り着《つ》いたのが、蕎麦屋《そばや》の②屋台《やたい》でした。

「おやじ、み、水《みず》をくれ。」と後《うし》ろを向《む》いて③仕込《しこ》みをしている蕎麦屋《そばや》の主人《しゅじん》に言《い》いました。

「そんなに息《いき》を切《き》らしてどうなさったんです？」と、蕎麦屋《そばや》の主人《しゅじん》は仕込《しこ》みを続《つづ》けながら、聞《き》きました。

「で、出《で》たんだよ。あれが。」と蕎麦屋《そばや》の主人《しゅじん》に震《ふる》えながら事《こと》の詳細《しょうさい》を話《はな》しました。

すると、蕎麦屋《そばや》の主人《しゅじん》が振《ふ》り返《かえ》り、「出《で》たっていうのは、こんな顔《かお》のやつかい？」

振《ふ》り向《む》いた蕎麦屋《そばや》の主人《しゅじん》の顔《かお》を見《み》てみると、何《なん》とのっぺらぼうでした。

魚屋《さかなや》のご主人《しゅじん》は悲鳴《ひめい》をあげて腰《こし》が抜《ぬ》けた状態《じょうたい》で一目散《いちもくさん》に逃《に》げていきました。

跑著跑著，魚店老闆總算跑到了蕎麥麵攤。

他向背對著自己處理食材的老闆說：「老爹，給、給我水。」

蕎麥麵攤的老闆繼續處理著食材，同時問他：「您跑得這麼喘，是發生什麼事了嗎？」

「出、出現了！那個。」魚店老闆一邊發抖，一邊向蕎麥麵攤的老闆道出事情的經過。

話一說完，蕎麥麵攤的老闆便轉過身來問他：「出現的是這張臉嗎？」

一瞧麵攤老闆回過頭來的臉龐，竟然是野箆坊。

魚店老闆發出一聲慘叫，嚇成兩腿發軟的狀態，頭也不回地逃走了。

◆字

① **辿《たど》り着《つ》く**：好不容易才走到。

② **屋台《やたい》**：攤販。

③ **仕込《しこ》み**：①教育、教導。②（商店、餐廳）準備做生意的材料。在此為②的意思。

◆句

○ **息《いき》を切《き》らす**：喘得上氣不接下氣。

○ **悲鳴《ひめい》を上《あ》げる**：發出尖叫。

○ **腰《こし》が抜《ぬ》ける**：①腰閃到，無法站立。②嚇到無法站立。在此為②的意思。

一生懸命《いっしょうけんめい》逃《に》げたご主人《しゅじん》は、ようやく家《いえ》に着《つ》くことができました。

女房《にょうぼう》がご主人《しゅじん》の姿《すがた》を見《み》て、「どうしんだえ？お前《まえ》さん。」と聞《き》いたので、ご主人《しゅじん》は自分《じぶん》の身《み》に起《お》きた事《こと》を一切合切《いっさいがっさい》女房《にょうぼう》に話《はな》して聞《き》かせました。

話《はなし》を①聞《き》き終《お》わった女房《にょうぼう》は、「そうかえ、するとあんたの見《み》たのっぺらぼうはこんなんじゃなかったのけぇ？」と顔《かお》を②一撫《ひとな》で、すると、何《なん》と女房《にょうぼう》までものっぺらぼうになっていました。

腰《こし》を抜《ぬ》かしたご主人《しゅじん》はもう訳《わけ》が分《わ》からずその場《ば》を逃《に》げ出《だ》し、気絶《きぜつ》してしまいました。

そしてもう二度《にど》と、おいてけ堀《ぼり》には行《い》かないことを決《き》めたのでした。

◆字

①**聞《き》き終《お》わる**：將（話）聽完。

②**一撫《ひとな》で**：輕輕碰了一下。

◆句

○**身《み》に起《お》きる**：遭遇、碰到。

死命逃跑的魚店老闆終於回到了家。

妻子見到魚店老闆的模樣，於是問他：「你怎麼啦？」魚店老闆便把自己遭遇的事情一五一十地告訴妻子。

聽完丈夫娓娓道來的妻子，問了魚店老闆：「是嗎？那你看到的野箆坊是不是長得像這樣呢？」然後摸一摸臉，沒想到竟然連妻子也變成野箆坊了。

全身癱軟無力、站不起身的魚店老闆，已經搞不清楚狀況，當場奪門而出，接著暈了過去。

之後他決定，從此再也不去置行堀了。

おいてけ堀《ぼり》

置行堀的由來

置行堀為本所七大不可思議之一，是從江戶時代開始流傳於本所的怪談，其他六篇怪談分別為「送行提燈」、「送行拍子木」、「燈無蕎麥」、「足洗邸」、「片葉的葦」、「狸囃子」。本所為東京都墨田區一帶，關於怪談的篇數以及內容，其實眾說紛紜，而置行堀的內容、地點也有不同的說法。

版本一、 釣客們被聲音嚇到，留下魚籠逃跑。過了一陣子一起回到現場，結果發現魚籠裡的魚都消失了。

版本二、 有兩位釣客，一位將魚籠丟進溝渠逃跑了，但另一位則是抱著魚籠逃跑，但正當他要逃走之際，溝渠裡伸出了一隻手將他拖進了水中。

地點的部分，根據知名作家宮部美幸的「平成徒步日記」一書提到，約有三處最有可能是置行堀的遺址：

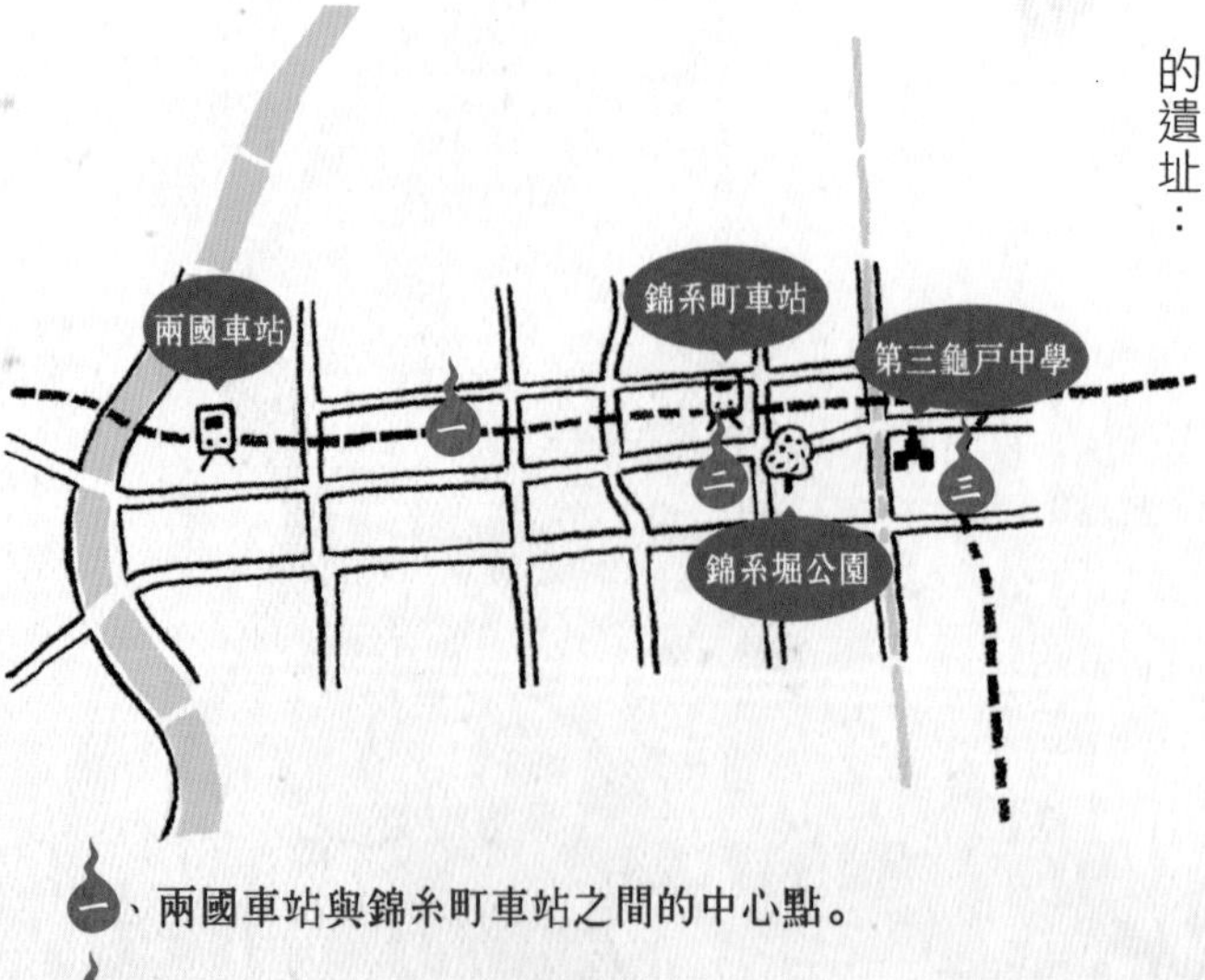

一、兩國車站與錦糸町車站之間的中心點。

二、錦糸町車站南側的「錦糸堀」（錦糸堀公園附近）

三、龜戶的第三龜戶中學附近。

到底是誰在搗蛋?

WANTED

嫌疑犯一：河童

REWARD ¥1,000,000

指證一、過去曾有人目擊河童出現於錦糸堀以及隅田川等案發現場周遭。

指證二、錦糸堀公園內立有河童像，同時設置了公告指出發出「放下再走～放下再走！」呼喚聲的就是河童！

WANTED

嫌疑犯二：狸貓

REWARD ¥1,000,000

指證一、案發現場周邊的多聞寺有狸貓塚，間接證實了有狸貓曾棲息於此地。

指證二、有人指出愛嚇人的無臉妖怪—野篦坊，其實就是由擅長變身的狸貓變身而成！

雖然每個説法都大不相同，並且各有擁護者，就算想要探討真相，置行堀也早已被夷為平地無從查證，儘管如此《置行堀》依舊是世人津津樂道的經典怪談！

河童的相關諺語・慣用語

陸《おか》に上《あ》がった河童《かっぱ》

諳水性的河童，一旦到了陸地上能力就相對減弱了。比喻怎麼做都無法發揮原本實力，似英雄無用武之地。

河童《かっぱ》に水練《すいれん》を教《おし》える

教導本來就會游泳的河童游泳。表示在行家前賣弄本事，班門弄斧。

河童《かっぱ》の川流《かわなが》れ

即使是擅長游泳的河童，有時也會被湍急的川流沖走。表示人有失足，馬有失蹄。

河童《かっぱ》の木登《きのぼ》り

平時在水中生活的河童爬樹，用來比喻做不拿手的事。

狸貓的相關諺語・慣用語

狐《きつね》と狸《たぬき》の化《ば》かし合《あ》い

擅於使用法術的狐狸和狸貓互相較勁。形容彼此互相欺瞞，爾虞我詐。

狸《たぬき》が人《ひと》に化《ば》かされる

狸貓常常把人類騙得團團轉，但偶爾也有相反的情況。比喻反被將了一軍。

狸《たぬき》寝《ね》入《い》り

據說狸貓是很膽小的動物，只要被嚇到，就會像睡著一樣突然失去意識。用來形容人只要遇到不利的情況時就會裝睡。

捕《と》らぬ狸《たぬき》の皮算用《かわざんよう》

獵人在獵捕狸貓前，會先盤算利益。比喻人打如意算盤。

牛鬼淵《うしおにぶち》

19 牛鬼淵《うしおにぶち》

昔々《むかしむかし》、伊勢《いせ》の山奥《やまおく》に牛鬼淵《うしおにぶち》と呼《よ》ばれる深《ふか》い淵《ふち》があって、そこには顔《かお》が牛《うし》で体《からだ》が鬼《おに》という恐《おそ》ろしい化《ば》け物《もの》が住《す》んでいると言《い》われていました。

ある日《ひ》、若《わか》い木《き》こりと年寄《としよ》りの木《き》こりが①小屋掛《こやが》けをして、この山奥《やまおく》に入《はい》って、木《き》を切《き》り出《だ》していました。

それから何日《なんにち》か経《た》ったある夜《よる》の事《こと》、食事《しょくじ》も終《お》わって二人《ふたり》は囲炉裏《いろり》の前《まえ》で暖《だん》を取《と》っていました。

若《わか》い木《き》こりは、酒《さけ》を飲《の》みながら②くつろいでいました。年寄《としよ》りの木《き》こりはノコギリの③手入《てい》れをしていました。

「④何《なに》も毎晩毎晩《まいばんまいばん》刃《は》の手入《てい》れなんぞしなくてもいいのに。」と若《わか》い木《き》こりは酒《さけ》を飲《の》みながら見《み》ていました。

「馬鹿《ばか》言《い》え、木《き》こりが道具《どうぐ》を⑤粗末《そまつ》にしてどうする。山《やま》の神様《かみさま》の罰《ばち》が当《あ》たる。」

20 牛鬼淵

很久很久以前，在伊勢的深山裡有個被稱為牛鬼淵的深淵，據說裡面住著一個牛頭鬼身的可怕怪物。

有一天，年輕樵夫和年邁樵夫搭建了臨時的木屋，然後進入這座山的深處，開始砍樹。

接著，在幾天後的某個晚上，吃過晚餐後，兩人坐在地爐前取暖。

年輕樵夫喝著酒放鬆休息；年邁樵夫在保養鋸子。

年輕樵夫邊喝酒邊看著年邁樵夫，對他說：「用不著每天晚上都保養刀刃吧？明明不做也沒關係啊？」

「說什麼傻話，我們樵夫怎麼能隨便處理工具？這可會遭到山神的處罰。」

◆字

① **小屋《こや》掛《が》け**：建造臨時的小屋。

② **くつろぐ**：①放鬆、休息。②不必拘束於禮節。在此為①的意思。

③ **手《て》入《い》れ**：修理、整理、保養。

④ **何《なに》も**：①表示全面的否定。②何必、沒必要。在此為②的意思。

⑤ **粗末《そまつ》**：①粗糙的、簡陋的。②不用心、怠慢。在此為②的意思。

◆句

○ **と言《い》われている**：傳說～、傳聞～。

○ **罰《ばち》が当《あ》たる**：受到懲罰、受到處罰。

「またいつもの①説教《せっきょう》かい。」

「山《やま》を甘《あま》く見《み》ちゃいけねえ。山《やま》には、恐《おそ》ろしい物《もの》がいっぱいおるんじゃ。」などと話《はなし》をしていました。若《わか》い木《き》こりは酒《さけ》も回《まわ》り②うとうとしだした頃《ころ》、年寄《としよ》りの木《き》こりが、「だ、誰《だれ》じゃ。」と言《い》いました。

若《わか》い木《き》こりも目《め》が覚《さ》め、③戸口《とぐち》の方《ほう》を見《み》ると、男《おとこ》がこちらを覗《のぞ》き込《こ》んでいました。

「何《なに》をしておるんじゃ？」と妙《みょう》な男《おとこ》が④話《はな》しかけてきました。

「ノコギリの手入《てい》れをしておるんじゃ。固《かた》い木《き》を切《き》ると⑤痛《いた》むんでな。」と、年寄《としよ》りの木《き》こりが答《こた》えました。

「そのノコギリは木《き》を引《ひ》くんじゃな？」

「そうじゃ。」

◆ **字**

① **説教《せっきょう》**：講道理、説教。

② **うとうと**：打瞌睡。

③ **戸口《とぐち》**：門口。

④ **話《はな》しかける**：向他人搭話。

⑤ **痛《いた》む**：①身體因生病或受傷而疼痛。②感到苦惱、傷心。③破壞、毀損。在此為③的意思。

◆ **句**

○ **甘《あま》く見《み》る**：小看了、輕視。

○ **酒《さけ》が回《まわ》る**：喝酒醉。

○ **木《き》を引《ひ》く**：砍伐樹木。

「你又要像平常一樣說教了嗎？」

「你可不能小看山。山裡面有很多可怕的東西啊。」當年邁樵夫一邊說著，年輕樵夫因不勝酒力而開始打瞌睡時，年邁樵夫開口說道：「是、是誰呀！」

年輕樵夫也清醒過來，往門口一看，看到有個男人正窺探著這裡。

這個怪異的男人主動詢問：「你在做什麼？」

年邁樵夫回答：「我在保養鋸子。每當鋸下堅硬的木頭時，鋸子也會受損。」

「那把鋸子是用來鋸樹的嗎？」

「是啊。」

「じゃがな、これを見《み》てみろ。この最後《さいご》の所《ところ》に付《つ》いている三十二枚目《さんじゅうにまいめ》の刃《は》はな、①鬼刃《おにば》と言《い》って、鬼《おに》が出《で》て来《き》たら②挽《ひ》き殺《ころ》すんじゃよ。見《み》せたろうか？」と年寄《としよ》りの木《き》こりが言《い》うと、男《おとこ》はすうっとどこかへ行《い》ってしまいました。

「妙《みょう》な男《おとこ》じゃな。こんな遅《おそ》い時間《じかん》に。」

「不思議《ふしぎ》な男《おとこ》だな。」

「まさか牛鬼《うしおに》じゃあるまいな？」

「まさか。あれは確《たし》かに人間《にんげん》じゃった。」

「そうじゃの。牛鬼《うしおに》は顔《かお》が牛《うし》で体《からだ》が鬼《おに》じゃ、人間《にんげん》には化《ば》けんじゃろ。」などと話《はなし》をしているうちに夜《よる》は更《ふ》けていきました。

③さて、次《つぎ》の日《ひ》は朝早《あさはや》くから二人《ふたり》の木《き》こりは働《はたら》き、そして夜《よる》になり、二人《ふたり》はいつものように囲炉裏《いろり》の前《まえ》で、年寄《としよ》りの木《き》こりは刃《は》の手入《てい》れを、若《わか》い木《き》こりは酒《さけ》を飲《の》んでいました。

結果，昨晚的男人又來窺探了。接著他詢問：「你在做什麼？」

「我、我在保養鋸子。」

「那把鋸子是用來鋸樹的嗎？」

男人又問了和昨晚同樣的事情。

年邁樵夫雖然覺得男人的行為很可疑，但還是故作冷靜地回了和昨晚一樣的話。

「那當然。不過，這第三十二片的刀刃叫做鬼刃，遇到鬼怪時，就能用它鋸斷鬼怪的脖子。」年邁樵夫一說完，男人又像昨晚一樣，一聲不響地往某處消失了。

兩人都覺得恐怖、不安，有背脊發涼的感覺。

翌朝《よくあさ》、木《き》こり達《たち》が木《き》を切《き》っていましたが、固《かた》い節《ふし》の部分《ぶぶん》があり、中々《なかなか》木《き》を切《き》ることができず、作業《さぎょう》が中々進《なかなかすす》みませんでした。

そして①力任《ちからまか》せに木《き》を切《き》っていたら、鬼刃《おにば》が②ぼっきりと折《お》れてしまいました。

「しまった。鬼刃《おにば》を折《お》ってしまった。」

二人《ふたり》は暫《しばら》くの間《あいだ》、顔《かお》を見合《みあ》わせていましたが、このままでは仕方《しかた》がないので、年寄《としよ》りの木《き》こりは③一旦村《いったんむら》に下《お》り、ノコギリを直《なお》すことにしました。

何《なに》やら不吉《ふきつ》な思《おも》いがしたので、若《わか》い木《き》こりにも一緒《いっしょ》に村《むら》へ下《お》りないかと誘《さそ》ってみましたが、若《わか》い木《き》こりは④面倒《めんどう》くさがって断《ことわ》りました。

◆字

① 力任《ちからまか》せ：竭盡全力、用盡力氣。

② ぼっきり：（折斷聲）咔嚓的聲音。

③ 一旦《いったん》：①一旦、既然。②暫時、姑且。在此為②的意思。

④ 面倒《めんどう》くさがる：覺得麻煩。

◆句

○ 顔《かお》を見合《みあ》わせる：互相對看、彼此面面相覷。

○ 仕方《しかた》がない：沒有辦法、沒有法子、沒有用。

隔天早上，樵夫們照常鋸樹，但是鋸到堅硬的木節部分，怎麼鋸也鋸不斷，導致作業遲遲沒有進展。

接著用盡全力一鋸，鋸子上的鬼刃就喀嚓一聲被折斷了。

「遭了！鬼刃斷掉了！」

兩人互看了一會兒，但這樣下去也不是辦法，所以年邁樵夫決定暫時下山，回村修理鋸子。

年邁樵夫隱約有一股不祥的預感，所以他也邀了年輕樵夫一同下山，但年輕樵夫覺得麻煩，於是拒絕了。

そして一人《ひとり》になった若《わか》い木《き》こりは早《はや》い時間《じかん》から小屋《こや》で酒《さけ》を飲《の》んでいました。

すると、また昨夜《さくや》の男《おとこ》が覗《のぞ》いていました。

「何《なに》をしておるんじゃ？今夜《こんや》は一人《ひとり》じゃな？どうしたんじゃ？」

「ノコギリの鬼刃《おにば》が①欠《か》けてしまってな。村《むら》まで直《なお》しに行《い》ったんじゃよ。」

「今夜《こんや》は鬼刃《おにば》は無《な》いんじゃな？鬼《おに》を挽《ひ》き殺《ころ》す鬼刃《おにば》は無《な》いんじゃな？」

男《おとこ》はそう言《い》いながら、小屋《こや》の中《なか》へ②ぬうっと入《はい》ってきました。

若《わか》い木《き》こりは怖《こわ》くなり、窓《まど》から③逃《に》げ出《だ》しましたが、男《おとこ》は大《おお》きな体《からだ》となり、小屋《こや》を壊《こわ》してしまいました。

そして若《わか》い木《き》こりを追《お》い掛《か》けました。

◆字

①**欠《か》ける**：①有了缺角、缺口。②不足、缺額。在此為①的意思。

②**ぬうっと**：形容突然出現的樣子。

③**逃《に》げ出《だ》す**：逃出去。

於是，落單一人的年輕樵夫，很早便開始待在小屋裡喝酒。

結果，昨晚的男人又來窺探了。

「你在做什麼？今天晚上只有你一個人嗎？發生什麼事了？」

「鋸子上欠缺了鬼刃。所以他回村子去修理了。」

「今天晚上就沒有鬼刃了嗎？沒有鋸鬼的鬼刃了嗎？」

男人一邊說著，突然走進小屋裡。

年輕樵夫開始感到害怕，從窗戶逃出去了，但是男人的身體卻變得很大，把小屋撐壞了。

接著，他開始追逐年輕樵夫。

若《わか》い木《き》こりは辺《あた》り①構《かま》わず逃《に》げ、そして淵《ふち》まで来《き》ました。

もうこれ以上《いじょう》逃《に》げられなくなってしまい途方《とほう》に暮《く》れていたら、大《おお》きな体《からだ》がやがて姿《すがた》を②現《あらわ》し、気《き》が付《つ》いたら若《わか》い木《き》こりは淵《ふち》の中《なか》に追《お》いやられ、そして淵《ふち》の中《なか》に③沈《しず》められてしまいました。

年輕樵夫不顧一切地逃跑，隨後來到潭邊。

當年輕樵夫無處可逃，陷入絕境時，龐大的身軀隨即現身，等到回過神來，年輕樵夫已經被追進潭水之中，不久後便沉入潭裡了。

◆字

① **構《かま》わず**：不管、不在乎、不介意。這裡指隨意的、不管方向的。

② **現《あらわ》す**：出現。

③ **沈《しず》める**：使沉沒、使沉下去了。

◆句

○ **追《お》いやられる**：①被追趕至某處。②被逼迫到窘境。在此為①的意思。

次《つぎ》の日《ひ》、ノコギリの修理《しゅうり》を終《お》えた年寄《としよ》りの木《き》こりが山《やま》に戻《もど》る為《ため》に歩《ある》いていましたら、淵《ふち》のそばに若《わか》い木《き》こりの着物《きもの》が①ぷかぷかと浮《う》いていました。「しまった。牛鬼《うしおに》に②やられてしまったのか。」年寄《としよ》りの木《き》こりは若《わか》い木《き》こりを一人《ひとり》小屋《こや》に残《のこ》してしまったことを後悔《こうかい》しました。

牛鬼《うしおに》は確《たし》かにいたのです。牛鬼《うしおに》は月《つき》の明《あか》るい晩《ばん》には決《き》まって「うぉーん、うぉーん。」と悲《かな》しげに鳴《な》くのだそうです。

隔天，年邁樵夫把鋸子修好後，走在回到山裡的路上時，在潭邊看到年輕樵夫的衣物輕飄飄地浮在水面上。「慘了。該不會遭到牛鬼的毒手了吧？」年邁樵夫很後悔把年輕樵夫一個人留在小屋。

牛鬼的存在是千真萬確的事實。據説牛鬼每到月色明亮的夜晚，一定會發出「嗚……嗚……。」的悲鳴聲。

◆字

① **ぷかぷか**：①吐霧般地。②漂浮在水上。在此為②的意思。

② **やられる**：①遭受到危害。②被抓住弱點。③被迷惑。在此為①的意思。

牛鬼淵《うしおにぶち》

牛鬼確實存在？

相傳牛鬼是個非常殘忍、會吐出毒液、吞食人類的怪物。主要出沒於日本中西部地區，不僅是怪談中提到的三重縣伊勢，在和歌山縣、岡山縣，甚至連九州地區也都有牛鬼的傳說，對牛鬼的外型，更有以下兩種說法：

一、牛頭鬼身

二、牛頭蜘蛛身

除了口耳相傳的怪談和傳說外，甚至有證明牛鬼存在的三大證物！

第一證物　牛鬼的頭蓋骨

德島縣阿南市的賀島家，祭祀著牛鬼的頭蓋骨。相傳在江戶時代，賀島家的祖先受當地居民之託討伐牛鬼，打敗牛鬼後將其首級帶回裝飾於家門前，之後又安置於家中的小祭壇裡，一直流傳到現在。

第二證物　牛鬼的牛角

香川縣的根香寺裡，藏有牛鬼的牛角，以及繪有牛鬼的掛軸。在江戶時代初期，因牛鬼不斷擾亂村莊，不堪其擾的村民們拜託射箭名人山田蔵人高清去討伐牛鬼，牛鬼死後將角取下，目前仍奉於根香寺中，但無公開展示。

第三證物　牛鬼的手

福岡縣的觀音寺裡，藏有牛鬼的手。在平安時代，牛鬼突然現身，為平息村民的不安，觀音寺的住持便手拿寶劍討伐牛鬼，討伐成功後，牛鬼的頭部送至京都，耳朵埋在附近的山上，而手則保留在寺內，但無公開展示。

以上三個證物，雖然只有牛鬼的頭蓋骨還有機會親眼目睹，但這些證物確實替牛鬼的傳說增添了不少真實性，或許在我們沈睡時，牛鬼正悄悄地在黑夜中伺機而動呢！

メモ

メモ

メモ

メモ

メモ

メモ

全新彩圖版
怪談 日本經典
日語閱讀越聽越上手
附情境配樂
中日朗讀QR Code
線上音檔

日語閱讀越聽越上手：日本經典怪談 / 北田夏己著；藍嘉楹譯.
-- 三版. -- 臺北市：笛藤出版, 2024.03
面；公分
彩圖版
ISBN 978-957-710-914-9(平裝)
1.CST: 日語 2.CST: 讀本
803.18 113001840

2024年3月27日 三版1刷 定價380元

作者 北田夏己
譯者 藍嘉楹
插畫 九子
總編輯 洪季楨
編輯 洪儀庭・楊昆岱・陳思穎・黎虹君・陳亭安・葉雯婷
編輯協力 立石悠佳・張秀慧・楊淨瑜
錄音 須永賢一・仁平美穗・柳本真理子・陳進益・盧敘榮
封面設計 王舒玗
內頁設計 王舒玗
編輯企劃 笛藤出版
發行所 八方出版股份有限公司
發行人 林建仲
地址 台北市中山區長安東路二段171號3樓3室
電話 (02)2777-3682
傳真 (02)2777-3672
總經銷 聯合發行股份有限公司
地址 新北市新店區寶橋路235巷6弄6號2樓
電話 (02)2917-8022・(02)2917-8042
製版廠 造極彩色印刷製版股份有限公司
地址 新北市中和區中山路2段340巷36號
電話 (02)2240-0333・(02)2248-3904
印刷廠 皇甫彩藝印刷股份有限公司
地址 新北市中和區中正路988巷10號
電話 (02) 3234-5871
郵撥帳戶 八方出版股份有限公司
郵撥帳號 19809050